KB246144

짐승의 규칙

FUSION FANTASTIC STORY

천성민 장편 소설

짐승의 규칙 3

천성민 장편 소설

초판 1쇄 찍은 날 § 2013년 12월 24일
초판 1쇄 펴낸 날 § 2013년 12월 31일

지은이 § 천성민
펴낸이 § 서경석

편집부장 § 권태완
편집책임 § 박은정
디자인 § 이거일

펴낸곳 § 도서출판 청어람
등록번호 § 제1081-1-89호
등록일자 § 1999. 5. 31
어람번호 § 제1-1740호

주소 § 경기도 부천시 원미구 심곡2동 163-2 서경B/D 3F (우) 420-822
전화 § 032-656-4452 팩스 § 032-656-4453
http://www.chungeoram.com
E-mail § chungeorambook@daum.net

ISBN 978-89-251-3639-4 04810
ISBN 978-89-251-3583-0 (세트)

FUSION FANTASTIC STORY

천성민 장편 소설

짐승의 규칙

3

악연의 굴레

도서출판
청어람

CONTENTS

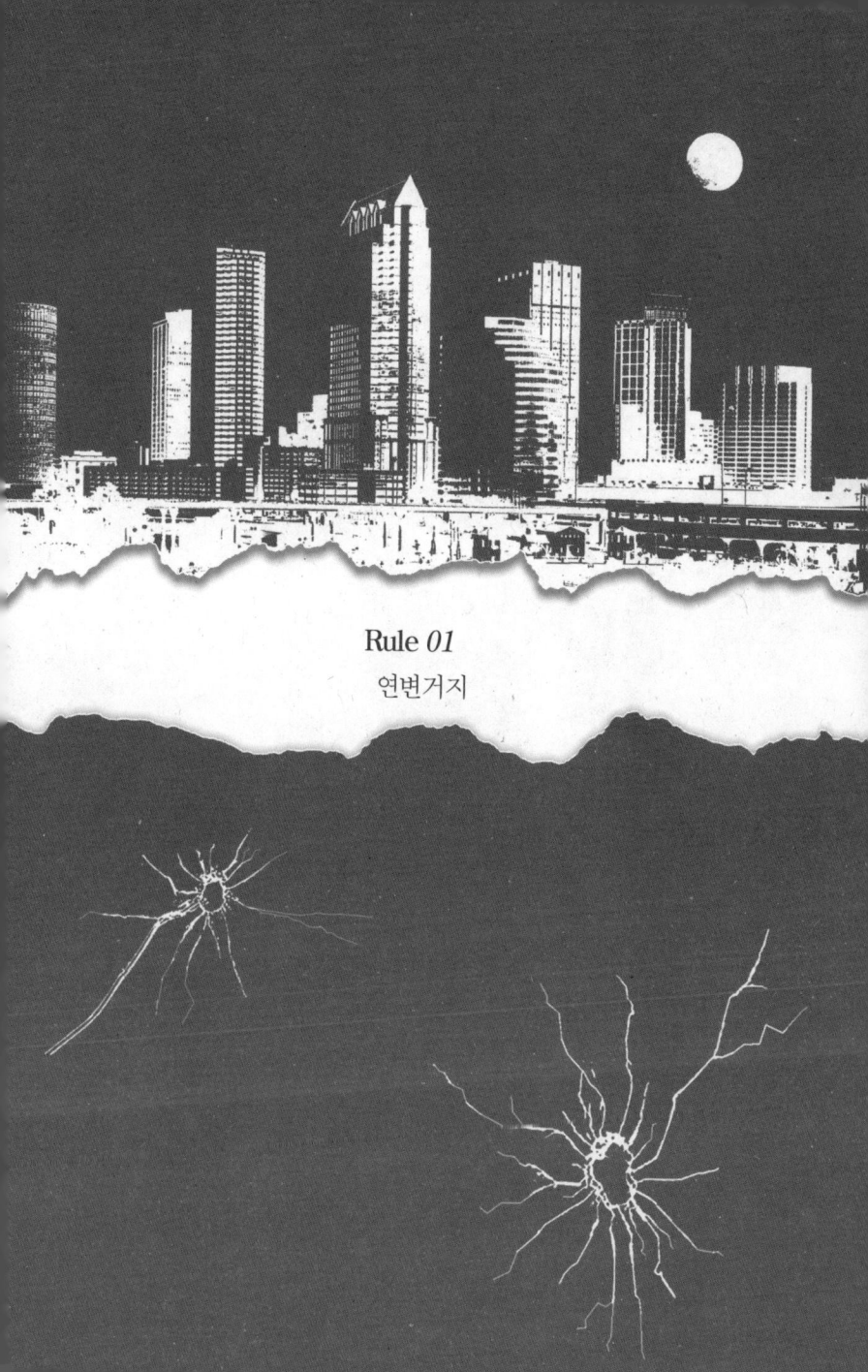

Rule *01*
연변거지

"이게 전부인가요?"

메이린은 자신의 앞에 가득한 서류를 바라보며 린에게 물었다.

린은 가볍게 고개를 끄덕이며 대답했다.

"예. 제가 취급 가능한 정보는 모두 가져온 겁니다."

"흐음……. 알겠어요. 일단 이거부터 확인해 보고 부족한 부분은 첸 대인께 부탁드리면 되겠군요."

"그럼 전 이만 나가보겠습니다."

린은 고개를 꾸벅 숙여 인사를 하고 돌아섰다. 이미 서류철

하나를 살펴보고 있는 메이린은 아무런 대꾸도 하지 않았다.

왼손 엄지손톱을 이빨로 꽉 깨문 채 메이린은 서류에 집중했다.

딸칵!

린은 방해하지 않기 위해 최대한 소리를 죽여 가며 문을 열었다.

막 밖으로 나가려던 린의 귓가에 갑작스레 메이린의 낮은 음성이 들려왔다.

"잠깐."

걸음을 멈춘 린이 천천히 고개를 돌렸다.

메이링은 한 손에 서류철을 든 채 미소를 지으며 말을 이었다.

"이따 점심 때 유명한 맛집에 좀 안내해 줘요. 근처에 낙지볶음이 맛있는 곳이 있다고 하더라고요. 검색해 보면 금방 찾을 수 있을 거예요. 전 이곳 지리를 잘 몰라서 찾아가기 힘들 것 같더라고요."

조금 전까지의 진지함이 사라진 메이린의 모습에 린은 순간 할 말을 잃었다.

메이린은 생긋 미소를 지으며 린을 보고 고개를 갸웃했다. 그제야 정신을 차린 린이 조용히 대답했다.

"네. 곧 수배해 놓겠습니다."

"부탁해요."

이내 메이린은 미소를 지우고 서류철로 눈길을 돌렸다.

가만히 그 모습을 바라보던 린은 나직이 한숨을 내쉬었다. 이내 발소리를 죽여 조용히 밖으로 나갔다.

문을 닫고 린은 벽에 등을 기댄 채 나직이 중얼거렸다.

"정말 살아 있는 거라면… 전 이제 어떻게 해야 하나요, 정 팀장님?"

방 안에 혼자 남은 메이린은 날카로운 눈빛을 발하며 서류 더미를 자세히 살펴보았다.

아주 어린 시절부터, 사신이라는 코드네임으로 활동하던 시기까지. 서류 더미에는 정찬혁에 대한 정보가 상세히 쓰여 있었다.

"흐음. 그 소문의 '사신'이 정찬혁이었구나. 어쩐지 요 몇 년간 사신이 잠잠하다 했더니. 그나저나 첸 대인도 꽤나 음흉하신걸? 이런 식으로 구룡회 내에서 세력을 키우다니 말이 야. 다른 장로들이 이 사실을 알면 어떤 반응을 보일지 궁금 한걸?"

메이린의 입꼬리가 살짝 말려 올라갔다.

어차피 메이린은 첸의 편도, 그렇다고 다른 장로들의 편도 아니었다.

자신은 그저 암룡으로서 사람을 죽이는 일을 계속해 나갈 수만 있다면 다른 일은 어찌 되어도 아무 관심 없었다.

아니, 오히려 큰 혼란이 구룡회를 뒤흔든다면 그것이야말로 메이린이 바라는 일일지도 모른다.

그동안 메이린은 어느 장로의 세력에도 속하지 않고, 그저 암살 명령만 충실히 따랐다.

첸이 진상 조사를 위해 메이린을 불러들인 것도 다 그런 이유 덕분이었다.

구룡회 내에서 호시탐탐 세력 확장을 노리는 다른 장로들과 아무런 연관이 없는 중립적인 성향이 강한 메이린이었으니.

꽤나 오랜 시간 동안 서류를 꼼꼼히 확인한 메이린은 천천히 고개를 들었다.

"린! 밖에 있나요?"

곧장 문이 열리며 린의 대답이 들려왔다.

"부르셨습니까?"

"지금 당장 호출할 수 있는 연변 거지들이 몇 명이나 될까요?"

"연변 거지… 말입니까?"

"네. 최대한 많은 숫자가 필요해요."

잠시 고민하던 린은 이내 천천히 입을 열었다.

"서울경기 지역만으로 한정한다면 최대 2천까지 가능할 겁니다. 인천공단이나 천안, 안산 쪽에 상당수가 들어와 있는 걸로 알고 있습니다."

"2천이라……. 그 정도면 충분할 것 같네요. 그러면 최대한 빨리 수배해 줘요."

"알겠습니다."

"그리고……."

메이린이 말꼬리를 흐리자 막 돌아서려던 린은 멈칫하며 고개를 돌렸다.

나이에 어울리지 않는 해맑은 미소를 지으며 메이린이 말을 이었다.

"우리 같이 점심이나 먹으러 가요. 제가 말한 맛집이 어딘지는 알아 두셨죠?"

급격한 메이린의 변화에 린은 순간 대답을 잃었다. 메이린이 고개를 갸웃하며 다시 물었다.

"설마 못 알아 온 거예요?"

"아, 아닙니다. 알아봐 두었습니다."

당황한 린이 고개를 내저으며 대답했다.

잠깐 표정이 굳어 있던 메이린이 다시 방긋 미소를 지으며 일어났다.

"그럼 지금 당장 가요."

메이린은 입구에 서 있는 린에게로 쪼르르 다가갔다.

지금껏 몇 번이나 봤지만 메이린의 저 미소에는 적응이 되지 않았다.

린은 저도 모르게 나직이 한숨을 내쉬며 천천히 돌아섰다.

"가시죠. 안내하겠습니다."

린이 앞장서서 걸음을 옮기기 시작하자 메이린은 싱글벙글한 얼굴로 그 뒤를 따랐다.

"한국의 음식은 굉장히 독특한 고유의 맛이 있더라고요. 기대되지 않아요, 린?"

"……"

린은 대답 없이 그저 묵묵히 걸음을 옮겨갔다. 하지만 메이린은 아랑곳하지 않고 쉬지 않고 재잘거렸다.

"낙지볶음은 굉장히 맵다고 하던데……. 설마 사천요리만큼 맵지는 않겠죠? 하긴 매워도 맛있으면 되니까요. 근데 식당까지는 얼마는 걸려요? 배가 고프니까 최대한 가까운 곳이었으면 좋겠는데. 걸어서 가도 금방 도착하는 곳이죠?"

"예. 걸어서 10분 정도 걸릴 겁니다."

계속된 메이린의 질문에 린은 나직이 한숨을 내쉬며 입을 열었다.

"에엑! 10분이나요? 더 가까운 곳은 없나요? 뱃가죽이 등에 달라붙을 지경이라 최대한 빨리 먹고 싶은데."

"낙지볶음으로 유명한 곳 중에 가장 가까운 곳을 알아본 겁니다. 근처에 있는 다른 식당으로 가시겠습니까?"

"다른 식당에도 낙지볶음이 있나요?"

"글쎄요? 비슷한 메뉴가 있을지도 모르지만……."

린이 말꼬리를 흐리자 잠시 고민하던 메이린은 허기진 배를 주무르며 입을 열었다.

"그럼 낙지볶음 먹으러 가요. 10분만 참으면 되니까요."

"네. 알겠습니다."

린은 대답하며 조용히 한숨을 내쉬었다. 이내 린은 걸음을 더욱 서둘렀다.

쉬지 않고 조잘거리는 메이린을 최대한 빨리 식당으로 데려가기 위해서였다.

이럴 때면 민감한 성격의 십대 소녀를 대하는 것 같은 기분이 드는 린이었다.

*　　　*　　　*

"아메리카노 두 잔, 오늘의 커피 세 잔 추가예요. 아! 아메리카노는 테이크아웃이에요."

"알겠다."

짧은 대답과 함께 정찬혁의 손이 분주해지기 시작했다.

그리 넓지 않은 카페에는 손님으로 가득 차 있었다.

언제부턴가 하나, 둘 손님이 늘기 시작하더니 이제는 테이블을 꽉 채우는 것도 모자라 테이크아웃해 가는 손님도 상당수였다.

그만큼 사용하는 원두의 양도 늘었고, 더욱 바빠진 것은 당연한 일이었다.

예전에는 2kg짜리 원두 하나면 일주일은 넘게 사용할 수 있었지만 이제는 아예 10kg짜리 원두를 두어 개 정도 여분으로 비축해 두고 있다.

거기다 원래는 핸드밀로 원두를 갈았지만 이제는 전동 그라인더로 대량의 원두를 갈고 있다.

대형 커피 메이커를 살까도 했지만 아직까지는 핸드드립으로 버티고 있는 중이다.

정찬혁은 곱게 갈린 원두를 여과지에 적당량 퍼 담은 후, 뜨거운 물을 조심스레 부었다.

갈색 거품이 일며 진한 커피향이 퍼져 나갔다.

막 커피 한 잔을 다 내린 정찬혁의 귓가에 신유진의 음성이 들려왔다.

"또 주문 들어왔어요. 오늘의 커피 한 잔이요."

"금방 준비하지."

정찬혁의 짧은 대답에 신유진이 살짝 눈살을 찌푸렸다.

주문은 계속 밀려오는데 이제 커피 한 잔을 내리고 두 잔째를 준비하고 있는 정찬혁 때문이었다.

"그러게 커피 메이커가 필요하다고 했잖아요. 주문 밀려서 손님들이 다 나가면 어쩔 거예요?"

신유진의 핀잔에도 정찬혁은 아랑곳하지 않고 조용히 커피 두 잔을 더 내렸다.

방금 내린 세 잔의 커피를 쟁반에 놓고 정찬혁은 테이크아웃 용 종이컵에 에스프레소를 받았다.

두 잔의 아메리카노까지 모두 만든 정찬혁은 천천히 입을 열었다.

"주문 받은 아메리카노 두 잔, 오늘의 커피 세 잔이다. 손님들 기다리시니 빨리 가져다 드려라."

정찬혁은 대답도 듣지 않고 돌아서서 다시 커피 한 잔을 내리기 시작했다.

손님이 많아 차마 소리를 지르지 못한 신유진은 저도 모르게 왈칵 인상을 찌푸렸다.

"이따 두고 봐요."

신유진은 커피가 담긴 쟁반을 들고 휙하니 돌아섰다.

정찬혁은 별다른 표정 변화 없이 그저 주문받은 커피를 부지런히 준비할 뿐이었다.

가득하던 손님이 빠지고 카페 안이 한산해졌다.

신유진은 카페 입구에 '휴식 중'이라는 팻말을 걸고 문을 잠갔다.

손님이 북적이는 점심시간 즈음을 지나 오후 4시가 되면 항상 1시간 정도의 휴식시간을 가졌다.

영업시간 중 한 시간의 휴식이 없었다면 워낙에 많아진 손님 탓에 두 사람만으로 카페를 꾸려 나가기 힘들었을 것이다. 물론 그 외에도 다른 이유가 하나 있기는 했지만.

문을 걸어 잠근 신유진은 빈 자리에 풀썩 주저앉으며 나직이 한숨을 내쉬었다.

"후아아. 바쁠 때는 진짜로 한바탕 전쟁 같다니까."

잠시 숨을 고르던 신유진은 이내 벌떡 일어나 손님들이 테이블에 남긴 잔해들을 부지런히 치웠다.

신유진은 손님들이 테이블에 남긴 잔해들을 부지런히 치웠다. 사용한 잔을 씻는 것은 정찬혁의 몫이었다.

"큭!"

잔을 씻는 도중 통증이 밀려왔다. 정찬혁은 낮은 신음을 토해내며 그 자리에 풀썩 주저앉았다.

테이블을 닦고 있던 신유진이 힐끗 벽에 걸린 시계를 쳐다보며 중얼거렸다.

"손님이 없을 때라 다행이네요."

얼마 지나지 않아 통증이 잦아들자 정찬혁은 천천히 몸을 일으켰다.

온몸이 식은땀으로 흠뻑 젖어 있었다. 정찬혁은 길게 한숨을 내쉬며 이마를 적신 식은땀을 닦아냈다.

통증은 조금씩 줄어들었지만 이상하게도 심장이 두근거리는 것 같았다.

있을 수 없는 일이었다.

이미 멈춘 심장이었다. 다시 심장이 뛰려면 상반신을 뒤덮고 있는 검은 기운이 절반 이상 줄어들어야 가능한 일이라고 하지 않았던가.

그저 자신의 착각일 뿐이라 생각하며 정찬혁은 다시 한 번 길게 한숨을 내쉬었다. 하지만 기이한 두근거림은 여전히 계속 느껴졌다.

*　　　*　　　*

"그러니까 이 사건을 제가 맡으라는 겁니까?"

한윤철은 사건 기록을 천천히 살펴보며 물었다. 박상규가 가만히 고개를 끄덕였다.

"그래. 살해 수법이나 시신의 상태로 보아 연쇄살인인 것 같다. 아직은 관할 지역에서 따로 수사하고 있지만 조만간에 광역수사대로 사건이 넘어올 거다."

"그러면 광수대에 맡기면 되는 일 아닙니까? 굳이 저희가 끼어들 이유가 없을 것 같은데요?"

한윤철은 내키지 않는다는 듯 중얼거렸다.

같은 사법기관이기는 했지만 검찰과 경찰 간의 수사권 다툼은 일반인들에게까지 알려질 정도로 민감한 문제였다.

수사의 주도권을 놓고 알력 싸움을 벌이는가 하면, 같은 사건을 수사하면서도 서로 정보공유가 되지 않아 검찰과 경찰의 결론이 영 딴판으로 나오기도 했다.

특히나 광역수사대가 맡은 사건의 경우는 경찰 쪽에서 텃세를 심하게 부리기로 유명했다.

경찰보다 상위 사법기관인 검찰이기는 했지만 광수대와의 공조수사에서는 꿔다 놓은 보릿자루 같은 신세가 되기 일쑤였다.

한윤철이 영 탐탁찮아 하는 것은 어쩌면 당연한 일이었다.

박상규는 나직이 한숨을 내쉬며 천천히 입을 열었다.

"어쩌면… 네가 비밀리에 수사하고 있는 것과 관계있을지도 몰라."

"예? 그게 무슨……?"

한윤철이 고개를 갸웃하자 박상규는 짐짓 굳은 얼굴로 말을 이었다.

"최근 2, 3년 동안 경기도 내 지역에 유입된 불법체류자, 특히나 조선족들의 숫자가 어느 정도인지는 대충 알고 있지?"

"갑자기 그건 왜?"

뜬금없는 박상규의 말에 한윤철은 무슨 소리를 하냐는 듯 반문했다.

박상규의 말이 이어졌다.

"용의자를 특정하지는 못했지만 이번 사건의 범인이 아무래도 공단에 유입된 조선족 중 하나인 것 같다. 경찰에서도 거기까지는 결론을 내려 놨더군. 사건이 벌어진 곳이 도내에 공단이 형성된 곳들이었으니. 문제는 그 공단들에 조선족 인력을 대량으로 공급한 곳이 진용의 계열사 중 하나라는 거다. '팩토리 잡'이라고 들어본 적 있지? 도내 공단 지역의 대부분이 그쪽이랑 인력 공급 계약을 맺고 있더만. 어떠냐? 이 정도면 좀 흥미가 생기냐?"

대답할 필요도 없었다. 이미 한윤철의 눈빛은 전에 없이 날카롭게 번쩍이고 있었다.

한윤철은 저도 모르게 입꼬리를 말아 올리며 고개를 끄덕였다.

"하겠습니다. 하세 해주십시오."

"그럴 줄 알았다. 그럼 미리 광수대에 연락해 놓으마. 수사관 한 명 정도는 데려갈 수 있을 거다. 텃세가 심하겠지만 잘 해봐라. 아참, 그리고 지난번처럼 너무 위험하다 싶으면 연락 해라. 최대한 지원해 줄 테니까."

"알겠습니다, 부장님."

한윤철은 사건 서류를 든 채로 박상규에게 꾸벅 고개를 숙 였다.

박상규는 그래도 안심이 안 된다는 듯 다시 한 번 같은 말 을 반복했다.

"인마! 건성으로 그러지 말고 똑바로 대답해. 위험하다 싶 으면 무조건 연락하라고! 알겠냐?"

걱정 가득한 박상규의 말에 한윤철은 씨익 미소를 지으며 고개를 끄덕였다.

"알겠습니다. 꼭 연락하겠습니다. 저도 제 목숨 아까운 줄 은 아니까요."

"그래, 인마. 제발 좀 그래 봐라. 내가 너 때문에 벌써 10년 은 명줄이 줄었겠다."

"하하. 그럼 전 이만 가보겠습니다. 광수대에는 곧바로 연 락해 주세요."

한윤철은 사건 자료를 챙겨들고 몸을 일으켰다.

전에 없이 의욕이 넘치는 한윤철의 모습에 박상규는 피식 미소를 지으며 고개를 끄덕였다.

"오냐. 지금 당장 출발할 수 있도록 연락해 놓으마."

"그럼 가보겠습니다. 사건이 해결될 때까지는 계속 광수대로 출근하겠습니다. 나중에 뵙겠습니다, 부장님."

한윤철은 그대로 돌아서서 밖으로 나갔다.

문을 열고 복도로 나서는 한윤철의 뒷모습을 가만히 바라보던 박상규는 이내 길게 한숨을 내쉬며 나직이 중얼거렸다.

"제발 무리하지 마라, 윤철아."

벌컥!

문이 활짝 열리는 소리가 들리자 키보드를 두드리고 있던 수사관 송지훈과 서류 정리를 하고 있던 사무관 유인혜가 거의 동시에 고개를 돌렸다.

한윤철이 씨익 미소를 지으며 곧장 송지훈에게 다가갔다.

"송 수사관님. 저랑 같이 좀 갑시다."

"예?"

송지훈은 무슨 소리를 하냐는 듯 고개를 갸웃했다. 곧장 유인혜의 싸늘한 음성이 날아들었다.

"밀린 사건이 얼마나 많은데 어딜 가시겠다는 거예요?"

송지훈은 저도 모르게 어깨를 움찔했다. 한윤철은 힐끗 유인혜를 바라보며 말했다.

"지금 맡고 있는 사건들은 모두 다른 검사들에게 재배분될 겁니다. 곧 위에서 연락이 올 거예요. 유 사무관님은 지금까지 수사한 자료들을 정리해 두세요. 그럼 저흰 가보겠습니다. 가시죠, 송 수사관님."

"아, 알겠습니다."

송지훈은 얼결에 대답하며 점퍼를 걸쳤다.

가까이 다가온 한윤철이 팔을 잡아당기자 송지훈은 거의 끌려가듯 밖으로 나갔다.

"어, 어엇!"

"검사님!"

유인혜가 버럭 소리쳤지만 이미 한윤철과 송지훈은 저 멀리 사라져 버린 후였다.

유인혜는 왈칵 인상을 찌푸린 채 그 자리에 풀썩 주저앉았다.

"도저히 같이 일 못하겠네. 맨날 이런 식이니……. 다른 검사실로 옮겨달라고 하든가 해야지."

투덜거리면서도 유인혜는 자신의 앞에 쌓여 있는 서류 더미를 사건별로 하나하나 정리해 나가기 시작했다.

"지금 어딜 가는 겁니까, 검사님?"

한윤철의 손에 끌려가던 송지훈이 질문을 던졌다.

어느새 주차장에 닿은 한윤철이 걸음을 멈추고 고개를 돌렸다.

"광수대로 갑니다."

"예? 경찰청으로 간다고요?"

예상외의 대답에 송지훈은 화들짝 놀라며 다시 물었다.

한윤철은 바로 앞에 세워 둔 자신의 차로 다가가며 대답했다.

"네. 공조수사 건입니다. 서울경기 지역 내에서 연쇄살인으로 보이는 사건이 연이어 벌어졌다고 하더군요. 부장님께서 최우선으로 해결하라고 하셨습니다."

"부장 검사님께서요?"

"예!"

광수대라는 소리에 조금 꺼림칙해하는 송지훈과는 달리 한윤철은 히죽 미소를 지었다.

수사권을 둔 경찰과 검찰 간의 알력 다툼에 관해서는 송지훈도 잘 알고 있는 사실이었다.

때문에 경찰과의 공조수사는 검사들이 꺼리는 일이었다. 그런데 저렇게 잔뜩 의욕에 불타고 있다니.

한 가지 생각이 번개처럼 송지훈의 머릿속을 스쳤다.

"혹시 그곳과 관계있는 사건인 겁니까?"

한윤철은 허연 이를 드러내며 씨익 미소를 지었다.

"예. 그럴지도 모릅니다."

"어쩐지……. 경찰과 공조수산데 굉장히 의욕이 넘친다 싶었습니다."

"그럼 가죠? 광수대에 도착할 때쯤이면 연락이 닿았을 겁니다."

한윤철은 전자키로 시동을 걸고 차문을 열었다.

송지훈은 못 말리겠다는 듯 고개를 절레절레 흔들며 차에 올랐다.

앞으로 광수대의 경찰 수사관들과 부대낄 생각을 하니 절로 한숨이 흘러나왔다.

공조수사라고는 하지만 아마 따로따로 수사하게 될 거라는 것쯤은 가보지 않아도 충분히 예상할 수 있는 일이었다.

'하아. 고생길이 훤하구나.'

속으로 중얼거리며 송지훈은 나직이 한숨을 내쉬었다.

이내 낮은 배기음과 함께 한윤철의 차가 조용히 어딘가로 달려나가기 시작했다.

                    *   *   *

또각! 또각!

가로등만이 주위를 밝히고 있는 한산한 길목에 하이힐이 바닥을 때리는 소리가 조용히 들려왔다.

자정이 지난 늦은 새벽녘, 정장 차림을 한 젊은 여성이 숄더백을 한쪽 어깨에 걸친 채 비틀거리며 걸음을 옮기고 있었다.

얼굴에 홍조가 깃들어 있는 것으로 보아 회식자리에서 술을 마신 듯 보였다. 여성은 비틀거리면서도 용케 넘어지지 않고 있었다.

"부장이라는 사람이 말야……. 맨날 음흉한 눈빛으로 힐끔힐끔 가슴을 훔쳐보지를 않나……! 망할 인간들 같으니라고!"

술에 취한 탓일까. 여성은 갑자기 그 자리에서 걸음을 멈추고 허공을 향해 버럭 소리쳤다.

주택가를 지나 건물을 짓고 있는 공사 현장 인근이라 여성의 외침만 조용히 울려 퍼질 뿐이었다.

한바탕 고래고래 소리를 지른 탓일까.

여성은 속이 메슥거리는 것을 느끼고는 후다닥 공사 현장에 달려들어갔다.

"웩! 우웨엑!"

반쯤 마른 콘크리트 벽에 두 손을 기댄 채 여성은 구토를 시작했다.

시큼한 위액이 입가를 직실 때쯤에야 여성은 간신히 구토를 진정시킬 수 있었다.

회식자리에서 먹고 마신 음식들을 고스란히 바닥에 토해 버렸지만 여전히 메스꺼움은 가시지 않았다.

바닥을 흠뻑 적신 토사물에서 시큼한 악취가 피어오르기 시작했다.

머리가 지끈거렸다. 여성은 맑은 공기를 마시기 위해 비틀비틀 걸음을 옮기기 시작했다. 조금씩 두통이 사라지고 메스꺼움이 가라앉기 시작했다.

입가에 묻은 위액을 손으로 스윽 닦아낸 여성은 이내 다시 자신의 자취방을 향해 걸음을 옮기기 시작했다.

이상하게도 공사 현장 주위는 가로등이 모두 고장 나기라도 한 것인지 어두컴컴했다.

그제야 그 사실을 깨달은 여성은 갑작스러운 오한에 어깨를 부르르 떨었다.

어디선가 불어온 찬바람이 여성의 머리칼을 흩날렸다. 정신이 번쩍 든 여성은 걸음을 서둘렀다.

또각! 또각!

하이힐 소리가 빠른 속도로 공사 현장에서 멀어져 갔다.

순간 어둠 속에서 날카로운 안광이 번뜩였다. 한두 개가 아니었다.

마치 촛불이 켜지듯 모두 다섯 쌍의 안광이 어둠 속에서 빛을 발했다.

다섯 안광이 향한 곳은 바로 여성이 향한 곳이었다.

두 쌍의 안광이 먼저 여성의 뒤를 쫓기 시작했다. 나머지 세 쌍의 안광도 천천히 그 뒤를 따랐다.

마치 다른 사람이 오지 않을까 힐끔힐끔 주위를 둘러보는 것처럼 천천히.

아직까지 술기운이 조금 남아 있기는 하지만 구토로 뱃속을 싹 비운데다 찬바람까지 쐰 탓에 여성은 거의 제정신을 차리고 있었다.

늦게까지 회식을 하느라 버스가 끊겨 자취방까지 걸어서 가고 있었다.

술에 취한 탓인지 택시를 타고 가라는 동료의 말도 거절하고 걸어서 가겠다고 고집을 부린 것이 지금에 와서야 후회가 밀려왔다.

얼마나 오래 걸었던 것인지 발바닥도 지끈거리며 아팠다.

하지만 이미 도로에서 멀어지기도 했고, 자취방이 고작해야 10여 분 정도 거리라 여성은 걸음을 서두르기로 했다.

공사 현장을 빠져 나온 여성은 드문드문 승용차가 세워져 있는 골목으로 향했다.

승용차 두 대를 일렬로 세우면 두엇이 간신히 지날 수 있을 정도로 그리 넓지 않은 골목이었다.

공사 현장과는 달리 가로등이 골목을 밝히고 있었다.

이제 조금만 더 가면 자취방이었다. 여성은 가로등 아래에서 걸음을 멈추고는 나직이 안도의 한숨을 내쉬었다.

어두운 곳에 있던 탓인지 아까부터 계속 이상한 기분이 들었는데 밝은 곳에 오게 되자 조금은 안심이 되었다.

"아야. 뒤꿈치가 까졌나보네."

그제야 통증을 느낀 여성이 살짝 인상을 찌푸렸다. 하이힐을 신은 채로 오랫동안 걸은 탓에 뒤꿈치가 스타킹과 가죽에 쓸려 쓰라렸다.

여성은 살짝 무릎을 꿇을 채 쓰라린 뒤꿈치를 매만졌다. 손이 식어 차가운 기운이 닿자 조금은 아픔이 가시는 것 같았다.

저벅저벅!

그때였다. 갑작스러운 걸음 소리가 귓가에 들려온 것은.

여성은 화들짝 놀라며 소리가 들려온 방향으로 고개를 돌렸다.

아무것도 보이지 않았다. 을씨년스러운 바람만이 불어올 뿐이었다.

골목 한가운데에 주저앉아 뒤꿈치를 쓰다듬으며 여성은 한참을 가만히 뒤쪽을 바라보았다.

오싹한 기분에 여성은 벌떡 일어나 자취방을 향해 서둘러

걸음을 옮기기 시작했다.

저벅, 저벅!

또다시 들려온 걸음 소리에 여성은 다시 멈칫했다. 차마 뒤를 돌아보지는 못하고 여성은 귀를 기울였다.

아무 소리도 들려오지 않았다. 여성은 다시 걸음을 옮기기 시작했다.

또각, 또각!

저벅, 저벅!

여성의 하이힐 소리보다 약간 늦은 타이밍으로 누군가의 발소리가 들려왔다.

잘못 들은 것이 아니었다. 여성이 다시 걸음을 멈추자 뒤따르는 발소리도 뒤이어 멎었다. 확실히 누군가 여성의 뒤를 쫓고 있었다.

두근, 두근!

여성의 심장이 미친 듯 뛰기 시작했다. 남아 있던 술기운도 이미 싹 달아나 버렸다.

여성은 숄더백을 꽉 움켜쥐고는 아예 내달리기 시작했다. 발바닥이 아프고 뒤꿈치가 쓰린 것은 아무런 신경도 쓰이지 않았다.

최대한 빨리 지휘방으로 가아 한다는 생각만이 머릿속 가득했다.

탁! 타타탁!

하이힐 소리와 함께 빠른 속도로 발소리가 다가왔다. 어느 새 여성의 얼굴은 식은땀이 가득했다.

걸음을 더욱 서둘렀지만 돌부리에 걸린 것인지 하이힐의 굽이 부러져 그 자리에 쓰러져 버렸다.

"꺄앗!"

저도 모르게 비명이 터져 나왔다. 다급히 몸을 일으키려 했지만 발목이라도 삔 것인지 제대로 설 수 없었다. 뒤를 쫓는 발소리는 더욱 가까워졌다.

여성은 하이힐을 벗어 던지고는 억지로 몸을 일으켰다. 발목이 시큰거렸지만 빨리 달아나야 했다.

저벅, 저벅!

다가오는 걸음소리는 조금 전보다 훨씬 크게 들려왔다.

몸을 일으킨 여성은 거의 기듯이 비틀거리며 앞으로 나아갔다.

하지만 이내 발걸음 소리는 바로 등 뒤에서 들려왔다. 여성은 도움을 요청하기 위해 입을 벌렸다.

턱……!

"으읍!"

소리를 치려는 찰나 크고 시커먼 손이 날아들어 여성의 입을 막았다. 코까지 짓눌린 탓에 여성은 숨을 제대로 쉴 수 없었다.

"읍, 으읍!"

여성은 짓눌린 신음을 토해내며 손을 벗어나기 위해 몸부림쳤다.

하지만 너무 강한 힘이라 뿌리쳐 내기는커녕 오히려 더 강하게 얼굴을 옥죄어 왔다.

순간 커다란 손가락이 여성의 입안으로 파고들었다. 여성은 본능적으로 손가락을 꽉 깨물었다.

"으억!"

낮은 신음과 함께 얼굴을 덮고 있던 괴한의 손이 멀어졌다.

여성은 온힘을 다해 자신의 바로 뒤에 있는 괴한을 밀어내고는 후다닥 내달리기 시작했다.

발목의 아픔은 어느새 의식 저 너머로 날아가 버린 후였다.

"쫓아!"

낮은 외침과 함께 어디에 숨어 있던 것인지 몇 개의 인영이 달려 나와 여성의 뒤를 쫓았다.

여성은 비명을 질러댔다.

"꺄아악! 도, 도와줘요!"

하지만 이미 깊이 잠든 주택가 골목에서는 아무런 반응도 없있다.

여성은 금세 다른 괴한들에게 따라잡혔다.

거친 손길이 여성의 머리칼을 잡아당기고, 옷깃을 찢고, 온몸을 속박했다.

어디서 난 것인지 두꺼운 천이 입속을 꽉 채워 제대로 소리가 나오지 않았다.

"차는 어디 있네?"

"지금 올라올 거야."

색다른 억양의 거친 음성이 여성의 귓가로 날아들었다.

이내 어디선가 부웅, 하는 차량의 배기음이 들려왔다. 괴한들은 옷으로 묶은 여성을 다가온 승합차에 실었다.

퍽—!

여성이 다시 꿈틀거리며 새된 신음을 흘리자 괴한 하나가 뒷덜미를 손날로 후려쳤다.

순간 여성은 정신이 아득해졌다. 이내 여성은 그대로 혼절해 버렸다.

"으, 으음……."

낮은 신음을 흘리며 여성은 천천히 눈을 떴다. 주위가 어두워 자신이 어떤 곳에 있는지 가늠할 수 없었다.

무언가에 묶이기라도 한듯 꼼짝도 할 수 없었다. 여성은 억지로 고개를 돌려 주위를 둘러보았다.

어둡기만 했다. 어둠 속에서 무언가를 자르는 소리가 조용히 들려왔다.

서걱! 서걱!

마치 생고기를 써는 소리 같았다.

멍하니 어둠을 응시하던 여성은 순간 정신이 번쩍 들었다. 자신이 괴한들의 손에 끌려온 것을 깨달은 탓이었다.

"여, 여긴 어디죠?"

주위에 인기척이 느껴지자 여성은 떨리는 입을 억지로 열어 질문을 던졌다.

하지만 아무런 대답도 들려오지 않았다. 몸의 감각이 차츰 돌아오기 시작했다.

주위에 어둠이 가득한 게 아니라 안대 같은 것이 눈을 덮고 있어 앞을 볼 수 없다는 것도 이내 알 수 있었다.

그리고.

"꺄, 꺄아아악!"

그 순간 갑작스레 밀려온 엄청난 통증에 여성은 고통에 찬 비명을 토해냈다.

정신을 차린 여성이 고통에 몸부림치자 주위에 있던 괴한들의 손길이 바빠졌다.

두엇은 여성이 움직이지 않게 손으로 꽉 누르고 다른 두엇은 피 묻은 칼을 들고 작업을 계속했다.

서걱! 서걱!

그제야 여성은 조금 전부터 들리는 고기 써는 소리가 자신의 다리 부근을 칼로 잘라내는 소리라는 것을 알게 되었다.

연신 비명을 지르던 여성은 충격을 이기지 못하고 그대로 정신을 잃었다.

여성을 간이침대에 묶어놓은 괴한들은 무심한 얼굴로 작업을 계속했다.

서걱! 서걱!

고기를 써는 섬뜩한 소리가 조용히 주위를 울리고 있었다. 갑자기 한쪽 구석에서 휴대폰 진동음이 터져 나왔다.

한참 작업에 열중하고 있던 사내 하나가 천천히 몸을 일으켰다.

손에 묻은 피를 털어낸 사내는 낡은 탁자 위에 놓여 있는 휴대폰을 집어 들었다.

액정에 표시된 번호를 확인한 사내의 눈이 살짝 커졌다.

"어, 어쩐 일이십니까?"

전화를 받은 사내는 저도 모르게 고개를 푹 숙이며 더듬더듬 입을 열었다.

사내는 연신 굽실거리며 대답했다.

"예. 예예. 지금 말입니까? 일하는 중이라……. 예! 알겠습니다. 빨리 처리하고 그쪽으로 가겠습니다."

전화를 끊은 사내는 작업에 열중하고 있는 동료들에게 다가갔다.

"위에서 호출이다. 서둘러 처리하고 출발하자고."

피 묻은 칼을 든 사내들의 손놀림이 더욱 빨라졌다.

여성은 혼절한 채로 이미 숨이 끊어져 있었다. 바닥에 깔아 놓은 두꺼운 비닐은 여성의 피로 가득 차 있었다.

순식간에 모든 작업을 끝낸 사내들은 특수약품 처리된 아이스박스에 피에 절은 물건을 챙겨 넣고는 몸을 일으켰다.

한 사내를 뺀 나머지 사내들은 천천히 밖으로 나갔다. 남은 사내는 줄 톱을 꺼내 들고는 천천히 여성의 시신에 다가갔다.

스걱! 스걱!

사내는 여성의 시신 옆에 앉아 조용히 톱질을 시작했다. 낮은 톱질 소리만이 조용히 주위를 뒤흔들고 있었다.

경찰차의 사이렌 소리가 이른 새벽을 일깨웠다.

수많은 경찰이 현장을 봉쇄하고 있었다. 소란스러운 사이렌 소리에 잠을 깬 사람들은 영문을 모른 채 웅성거리며 폴리스라인 밖에서 안쪽을 구경하고 있었다.

연락을 받은 광수대 수사원들이 이내 들이닥쳤다.

최근 몇 년 사이에 서울경기 지역에서 벌어진 살인사건과 비슷한 형태인 터리 사건이 광수대로 이관된 것이었다.

하지만 광수대 수사관들 중에 한윤철은 없었다.

대검에서 내려온 한윤철은 광수대 내에서 꿔다 놓은 보릿자루 같은 신세였다.

벌써 몇 달이나 손발을 맞춰 수사하던 중에 갑자기 검사가 끼어들었으니 어찌 보면 당연한 일이었다.

광수대가 수사 중인 연쇄살인사건이 벌어졌음에도 한윤철에게 연락이 닿지 않은 것은 그런 이유였다.

하지만 어디서 연락을 받은 것인지 한윤철이 사건 현장에 나타났다.

"하아! 느, 늦었습니다!"

광수대 수사관들은 짐짓 당황한 눈빛을 교환했다.

누가 연락했는지 힐난하는 눈빛과 자신은 아니라는 듯 당황하는 눈빛이 허공에서 얽혔다.

한윤철은 넉살 좋은 미소를 지으며 폴리스라인 안으로 들어왔다.

"죄송합니다. 늦잠을 자는 바람에 좀 늦었네요. 그런데 뭐, 다른 사건과 다른 점은 있습니까?"

"어, 그게……."

갑작스러운 질문을 받은 수사관은 더듬거리며 제대로 대답하지 못했다.

한윤철은 씨익 미소를 지으며 흰 천으로 덮여 있는 피해자의 시신으로 다가갔다.

한윤철은 다른 사람이 보지 못하게 자세를 낮추고 흰 천을 슬쩍 들어올렸다.

역한 피비린내와 함께 참혹한 모습의 시신이 눈에 들어왔다. 절로 인상이 왈칵 찌푸려질 정도였다.

사건 자료를 통해 사진으로 보는 것과 직접 시신을 보는 것은 꽤나 큰 차이가 있었다.

그동안 수많은 참혹한 꼴을 한 시신을 많이 봐온 한윤철이었지만 눈앞에 있는 시신은 차원이 달랐다.

안구를 비롯해 내부 장기는 모두 흔적도 없이 사라진 채였고, 온몸의 살점이 회를 쳐 놓은 것처럼 뼈가 드러날 정도로 발라져 있었다. 게다가 십여 조각으로 토막 나 있는 상태였다.

"왼쪽 다리는 어디 있습니까?"

한윤철은 인상을 찌푸린 채 흰 천으로 다시 시신을 덮고 몸을 일으켰다.

옆에 있던 수사관이 입을 열었다.

"아직 발견하지 못했습니다. 근처를 수색 중이니 곧 찾을 수 있을 겁니다."

"신고는 어떻게 들어온 겁니까?"

"쓰레기 수거하던 미화원이 쓰레기더미 사이에서 머리를 발견했다고 하더군요."

"신고자는 어디 있습니까?"

수사관은 경찰차 사이에 세워져 있는 구급차를 가리켰다.

고개를 돌리자 구급차 뒤에 반쯤 넋을 놓은 얼굴로 앉아 있는 한 중년 사내의 모습이 눈에 들어왔다.

한윤철은 천천히 구급차로 다가갔다.

반사 띠가 부착된 안전조끼를 입고 있는 사내는 부들부들 몸을 떨고 있었다.

그 앞에 멈춰선 한윤철은 사내에게 말을 걸려고 했다. 광수대 수사관이 다가오며 한윤철을 막았다.

"그만두십쇼, 검사님. 웬만한 건 이미 다 물어봤습니다."

"예? 그래도 몇 가지 확인해 보고 싶은 게 있습니다만……."

"보면 알겠지만 제대로 대답할 수 있는 상태가 아닙니다. 저희도 물어봤지만 횡설수설하기만 하더군요. 나중에 진정이 되면 증언을 받아 둘 테니 지금은 관두십쇼."

수사관의 말에 한윤철은 나직이 한숨을 내쉬며 힐끗 미화원 사내를 바라보았다.

바닥을 응시하고 있는 사내의 눈빛은 제대로 초점이 맞춰져 있지 않았다.

몸을 부들부들 떨고 있는 것은 추위 때문이 아니었다. 게다가 무어라 쉬지 않고 연신 중얼거리는 것이 참혹한 모습의 시신을 본 탓에 정신을 놓은 것 같았다.

"알겠습니다. 그럼 나중에 참고인 조사 시에 불러주시겠습니까?"

"뭐, 생각해 보겠습니다."

한윤철을 대하는 광수대 수사관의 태도는 무성의하기 짝이 없었다.

눈살이 찌푸려질 법도 했지만 한윤철은 빙긋 미소를 지으며 고개를 끄덕였다.

"약속하신 겁니다."

"뭐어. 그, 그럽시다."

"그럼 전 수사본부로 먼저 돌아가 보겠습니다. 아직 살펴볼 자료도 많이 남아 있어서요. 약속 잊지 마세요."

한윤철은 그대로 돌아서서 사건 현장을 빠져 나왔다.

조금 더 현장을 둘러보고 싶었지만 있어봤자 수사관들의 눈총만 받을 것은 뻔한 일이었으니.

"여기! 발견한 것 같습니다!"

저 멀리서 누군가의 외침이 들려왔다. 아직 찾지 못한 피해자의 왼쪽 다리를 찾은 것 같았다.

당장에라도 달려가고 싶었지만 광수대 수사관들이 자신을 불편해할 데니 이쩔 수 없었다.

한윤철은 나직이 한숨을 내쉬며 폴리스라인 밖으로 걸음

을 옮기기 시작했다.

애애앵—

여전히 시끄러운 사이렌 소리가 주위를 크게 뒤흔들고 있었다.

$$* \qquad * \qquad *$$

웅성웅성.

넓은 대강당에 사람들이 가득 들어차 있었다. 다들 허름한 차림에 험상궂은 인상이었다.

억양이 독특한 연변 사투리로 사람들은 저마다 웅성거리며 대화를 나누고 있었다.

이내 강당의 단상 쪽에 난 문이 열리고 검은색 정장을 걸친 사람 몇몇이 안으로 들어왔다.

웅성거리던 사람들의 시선이 절로 단상 위로 향했다.

"모두 조용히 해라!"

검은 정장 사내 중 하나가 버럭 소리쳤다. 강당 전체를 뒤흔드는 커다란 음성에 웅성거리던 사람들은 절로 입을 닫았다.

주위가 조용해지자 검은 정장 사내 두 사람이 자신들이 들어왔던 입구로 향했다.

문을 열자 훤칠한 키에 육감적인 몸매를 한 정장 여성과 소녀 취향의 프릴이 달린 원피스를 입고 있는 아담한 키의 여성이 조용히 걸어들어왔다.

검은 정장 사내는 두 여성을 단상 한가운데로 안내했다.

누군가 다가와 원피스 여성에게 마이크를 건넸다. 원피스 여성, 메이린은 마이크를 입가로 가져갔다.

삐익―!

고주파음이 스피커를 타고 터져 나왔다. 강당에 모인 사내들이 왈칵 인상을 찌푸렸다.

이내 사내들은 웅성거리며 불만을 토해냈다. 검은 정장 사내들이 소란을 진정시키려고 앞으로 나서려 했다.

하지만 메이린이 손을 들어 정장 사내들의 행동을 막았다.

메이린은 한쪽 눈꼬리를 치켜뜬 채 웅성대는 단상 아래의 사내들에게 소리쳤다.

"시끄럿! 모두 닥쳐!"

앙칼진 메이린의 외침이 전해지자 사내들은 저도 모르게 움찔하며 입을 다물었다.

메이린은 날카로운 눈빛을 뿜어내며 단상 아래의 사내들을 쭈욱 훑어보았다.

이내 메이린이 천천히 입을 열었다.

"다들 여기까지 오느라 수고 많았다. 이번에 너희를 호출

한 것은 다름이 아니라 시급히 해줘야 할 일이 있어서다."

겉보기와는 달리 고압적인 메이린의 태도에 단상 아래의 사내들 중 일부가 불만을 토해냈다.

"조막만 한 계집애가 말버릇 한번 고약하구만. 위에서 부른다고 해서 달려왔더니만 이게 뭔 짓거리여?"

"거참! 말세로구만. 말세여."

사내들 사이에서 들려온 말에 메이린의 눈썹이 꿈틀했다.

메이린은 마이크를 내려놓고 천천히 단상 아래로 내려갔다.

메이린이 걸음을 옮기자 강당에 모인 사람들은 움찔하며 좌우로 갈라졌다.

불평을 토해낸 사내들의 우두머리로 보이는 중년 사내의 앞에서 메이린은 멈춰 섰다. 그리곤 살기 어린 눈빛을 발하며 천천히 입을 열었다.

"그래서 불만이시다?"

볼에 희미한 흉터 자국이 남아 있는 중년 사내는 입꼬리를 살짝 말아 올리며 고개를 끄덕였다. 순간.

퍼억―!

묵직한 타격음과 함께 흉터 사내는 얼굴을 흉하게 일그러뜨리며 그 자리에 풀썩 쓰러졌다.

메이린은 표정 하나 바뀌지 않고 천천히 돌아서며 허공에 손을 가볍게 털며 말을 이었다.

"자, 다음."

씨익 미소를 지으며 메이린은 사내들을 향해 손을 까딱해 보였다.

명백한 도발의 자세, 사내들 중 일부가 흥분한 나머지 버럭 소리를 치며 달려들었다.

"건방진 년!"

"죽어라!"

한 번에 너덧 명의 사내가 덤벼들었지만 메이린은 눈 하나 깜짝하지 않았다.

메이린은 입꼬리를 살짝 말아 올리며 곧장 자신을 향해 달려드는 사내들을 향해 몸을 날렸다.

퍼퍼퍼퍽—!

연이어 터져 나오는 둔탁한 타격음과 함께 사내들은 짧은 신음조차도 토해내지 못하고 연이어 쓰러졌다.

순식간에 사내들을 모두 쓰러뜨린 메이린은 호흡 하나 거칠어지지 않았다. 짧은 숨을 내쉬며 메이린은 주위를 둘러보았다.

"불만 있으면 어디 계속 덤벼 봐."

살기가 담긴 싸늘한 메이린의 음성에 사내들은 저도 모르게 어깨를 움찔하며 주춤거렸다.

순식간에 메이린이 강당 내의 분위기를 장악해 버린 것이다.

가만히 주위를 둘러보던 메이린은 아무도 덤벼들지 않자 돌아서서 천천히 단상으로 올랐다.

메이린이 다가가자 사내들은 흠칫 어깨를 떨며 물러났다. 메이린의 강렬한 존재감에 몸이 절로 반응한 탓이었다.

단상에 오른 메이린은 마이크를 들고 천천히 입을 열었다.

"이제 아무도 불만이 없는 걸로 알고 계속 얘기하지."

메이린은 자신의 옆에 있는 린에게 힐끗 고갯짓했다. 기다렸다는 듯 린이 리모컨을 들고 버튼을 눌렀다.

단상 뒤편에 커다란 스크린이 내려왔다. 린이 다시 리모컨을 누르자 한 사내의 얼굴이 스크린에 떠올랐다.

"지금부터 너희가 찾아야 할 자다. 분명 서울 근교에 은신하고 있을 테니 샅샅이 뒤져야 할 거야. 발견하는 즉시 이쪽에 연락하면 크게 포상하도록 하지. 될 수 있으면 빨리 찾아내는 게 좋을 거야. 내 인내심이 한계에 달하기 전에 말이야. 자세한 건 여기 있는 린이 설명해 줄 거야."

메이린은 린에게 마이크를 넘기고는 그대로 밖으로 나가 버렸다.

강당에 모여 있는 사내들의 시선이 저도 모르게 메이린의 뒤를 쫓았다.

밖으로 나가는 메이린의 뒷모습을 멍하니 바라보던 린은 낮게 헛기침을 하며 입을 열었다.

"방금 들었다시피 여러분이 해야 할 일은 단순합니다. 화면을 보시면 아시겠지만……."

*　　*　　*

"한 검사님! 이거 좀 보시겠어요?"

한참 키보드를 두드리고 있던 송지훈이 조심스레 한윤철을 불렀다.

수사 자료를 뒤적이던 한윤철은 고개를 갸웃하며 몸을 일으켰다.

서로 이야기를 나누고 있던 광수대 수사관들이 힐끗 고개를 돌렸다. 수사관들은 이내 관심 없다는 듯 다시 시선을 돌리고 대화를 나누었다.

"무슨 일입니까, 송 수사관님?"

한윤철이 다가오자 송지훈이 모니터를 살짝 돌려 화면을 보여 주며 조심스레 입을 열었다.

"팩토리 잡 사이트를 해킹해 봤는데요. 인력 공급 현황이 전산화되어 있더군요. 그런데 최근에 공단에 공급한 인력 중 일부의 기록이 삭제되었습니다. 혹시나 해서 출국 기록을 뒤져 봤는데 아무것도 없더군요."

"그게 무슨 소립니까?"

"최소 2천 명 이상의 행방을 알 수 없다는 겁니다."

송지훈의 말에 한윤철은 눈을 휘둥그레 떴다.

안 그래도 최근 몇 년 동안 외국인 노동자, 특히나 연변 조선족의 강력 범죄가 일각에서는 큰 사회 문제로 인식되고 있지 않던가.

그런 와중에 2천 명이 넘는 연변 조선족의 행방을 알 수가 없다니.

무언가 큰 사건이 벌어질 것 같은 예감이 머릿속을 스쳤다.

어쩌면 지금 수사 중인 연쇄살인 사건과 관련이 있을지도 모르는 일이었다.

잠시 고민하던 한윤철은 이내 천천히 입을 열었다.

"관련 자료들 좀 프린트 해 주시겠어요? 아무래도 수사 자료에 추가해야 할 것 같아요."

"알겠습니다. 지금 당장 프린트할게요."

고개를 끄덕이며 송지훈은 마우스를 클릭해 자료를 프린트하기 시작했다.

낡은 구형 잉크젯 프린터 특유의 끼긱, 하는 소음이 귓가에 들려왔다.

조금 떨어진 곳에서 대화를 나누던 수사관들이 저도 모르게 살짝 인상을 찌푸렸다.

송지훈은 힐끗 눈치를 보며 인쇄가 끝나기를 기다렸다.

워낙 구형 프린터라 A4용지로 다섯 장 분량을 인쇄하는데 5분이나 걸렸다.

송지훈은 스테이플러로 자료를 묶어 한윤철에게 건넸다.

한윤철은 자료를 들고 곧장 수사관들에게 다가갔다.

"여기 이 자료 좀 보십시오. 사건이랑 관련이 있을지도 모릅니다."

한윤철이 갑자기 끼어들자 수사관들은 탐탁찮은 얼굴로 슬그머니 물러났다.

수사관들 중 수사본부를 지휘하고 있는 이준형 반장은 노골적으로 언짢은 기색을 보이며 입을 열었다.

"대체 뭔데 그러는 겁니까?"

다른 사람이었다면 크게 기분이 상할 법도 한 이준형 반장의 태도에도 한윤철은 아랑곳하지 않고 방금 인쇄한 자료를 건네며 말했다.

"공단 지역에 노동자로 온 연변 조선족을 용의선상에 놓고 있다고 들었습니다. 팩토리 잡이라는 인력 공급 업체, 들어본 적 있으시죠?"

이준형 반장은 받아든 자료를 건성으로 훑었다. 이내 고개를 갸웃하며 한윤철에게 질문을 던졌다.

"이게 사건과 무슨 관련이 있다는 겁니까?"

"사건이 일어난 곳은 대부분이 팩토리 잡에서 인력을 공급한 공단 지역 인근입니다. 자료를 보시면 아시겠지만 그 팩토리 잡에서 공급한 인력 중 일부의 행방이 묘연합니다. 출국기록도 전혀 남아 있지 않고요. 모두 합치면 2천 명이 넘는 숫자가 행방을 감췄다는 뜻입니다."

"그래서요?"

"이상하지 않습니까? 이런 때에 2천 명이나 되는 연변 조선족이 모습을 감췄다는 게 말입니다."

확실히 이상한 일이었다.

아무리 절차가 간소해졌다고는 하지만 불법 체류자가 아닌 한, 외국인 노동자들의 거취는 항상 인근 자치기관에 보고하도록 정해져 있었다.

그런데 보고도 없이 행방을 감췄다는 것은 무언가 범죄와 관련이 있을지도 모른다는 뜻이었다.

외국인 노동자가 거취를 보고한 장소에 없다는 것이 밝혀지면 불법체류자가 되는 것이나 마찬가지였다.

돈을 벌기 위해 한국에 온 외국인 노동자가 굳이 불법체류자가 될 이유가 없었다. 불법적인 일을 하려고 하지 않은 한에는.

가만히 자료를 들춰보던 이준형은 이내 나직이 한숨을 내쉬며 입을 열었다.

"이상한 일이긴 합니다만… 사건과는 별 관계없을 것 같군요."

"예? 관계가 없다니요? 그냥 쉽게 보아 넘길 일이 아닙니다. 어쩌면 더 큰 사건이 생길지도 몰라요."

"그렇게 생각하시는 근거라도 있습니까?"

"제 감입니다."

한 치의 망설임도 없는 한윤철의 대답에 이준형은 어이가 없다는 듯 황당한 얼굴로 입을 열었다.

"근거가 검사님 감이라고요? 거참! 그러니까 그 알량한 감만 믿고 수사를 하자는 말씀이십니까? 어처구니없군요. 지금까지 그런 식으로 감에 의존해 수사를 해오신 겁니까?"

"정황이 수상하지 않습니까? 사건과 관련성이 없다고 해도 자세히 조사해 보는 게 좋을 것 같은데요."

"그런 불확실한 정보에 낭비할 인력은 없습니다."

"하지만……."

단호한 이준형의 말에 한윤철은 반박하려 했다. 하지만 이준형이 날카로운 눈빛을 빛내며 바짝 다가와 먼저 입을 열었다.

"한윤철 검사님. 지금 뭔가 단단히 착각하고 계시는 것 같군요. 아무리 대검에서 공조수사 차 내려 왔다고 해도 어디까

지나 수사는 저희 광수대가 합니다. 지금까지 몇 달 동안 밤새워 고생한 게 누구라고 생각하시는 겁니까? 여기 있는 것은 어쩔 수 없는 일이지만 수사에 참견할 생각은 마십시오. 사건이 해결될 때까지 그냥 조용히 있으란 말입니다. 아시겠습니까?"

적의가 가득한 이준형의 말에 한윤철은 말문을 잃었다.

어느 정도 텃세를 부릴 거라 생각은 하고 있었지만 이렇게까지 노골적으로 적의를 드러낼 줄은 몰랐던 탓이었다.

이준형의 말이 곧장 뒤이어졌다.

"이런 쓸데없는 자료는 수사에 혼란을 줄 뿐입니다. 조사하고 싶으시면 혼자서 하십시오. 아참! 수사회의에는 참석해 주시길 바랍니다. 그냥 자리만 채워 주시면 됩니다."

말을 마친 이준형은 손에 든 자료를 다시 한윤철에게 건네고는 그대로 돌아섰다.

자료를 받아든 한윤철은 저도 모르게 나직이 한숨을 내쉬었다. 혹시나 했었는데 역시나 혼자서 수사를 해나가야 할 것 같았다.

"말 한번 잘하셨습니다, 반장님."

"속이 다 시원하네요. 흐흐."

주위의 수사관들이 나직이 중얼거리는 소리가 한윤철의 귓가에 들려왔다.

다들 갑자기 끼어든 한윤철이 못마땅했지만 무어라 티를 내지 못하고 있던 터라 속이 다 후련한 것 같았다.

한윤철은 저도 모르게 살짝 인상을 찌푸렸다. 하지만 여기서 무어라 불평해 봤자 자신의 입지만 더 좁아질 터였다.

거푸 한숨을 내쉬며 한윤철은 천천히 돌아섰다.

안타깝다는 얼굴로 자신을 바라보고 있는 송지훈과 눈이 마주쳤다.

천천히 송지훈에게 다가간 한윤철이 조용히 입을 열었다.

"아무래도 저희 둘이서 따로 조사해 봐야 할 것 같군요. 송수사관님은 혹시라도 다른 자료가 있을지도 모르니 그쪽 전산망을 계속 모니터링해 주세요. 저도 나름대로 조사해 볼 테니까요. 혹시나 딴 게 발견되면 바로 연락주시구요."

"괜찮겠습니까, 검사님?"

송지훈은 힐끔 수사관들의 눈치를 살피며 조심스레 말을 걸었다.

한윤철은 피식 미소를 지으며 대답했다.

"뭐, 별문제 없습니다. 예전에도 이랬으니까요. 걱정하지 마십시오. 방해받을 일도 없을 테니 차라리 이게 더 나을 겁니다."

"그렇군요."

송지훈은 나직이 한숨을 내쉬며 고개를 끄덕였다.

아무렇지도 않은 듯 말을 하는 한윤철의 모습이 왠지 모르게 쓸쓸해 보이기만 했다.

거푸 한숨을 내쉬며 송지훈은 가만히 한윤철을 바라보았다.

왜 그러느냐는 듯 한윤철은 고개를 갸웃하며 히죽 미소를 지을 뿐이었다.

                    *   *   *

"거참! 다 떨어지기 전에 미리 좀 사두라고 몇 번이나 말했었는데."

신유진은 투덜거리며 원두가 가득한 종이봉투를 품에 안은 채 걸음을 옮기고 있었다.

원두 가게에서 카페까지는 걸어서 약 30분 정도 거리라 웬만큼 급하지 않고서는 걸어서 오가고 있었다.

평소에는 정찬혁과 함께 원두 가게로 가곤 했지만, 휴식 시간이 거의 지나 카페를 비워둘 수 없었다.

때문에 정찬혁은 오픈 준비를 하고, 신유진이 원두 가게로 향한 것이었다.

카페 안에는 몇 가지 결계를 쳐 둔 덕에 신유진이 멀리 떨어진다고 해도 정찬혁의 몸에 이상이 생기지는 않았다.

하지만 그것도 완전한 것은 아니었다.

정찬혁이 카페의 결계 안에 있다고 해도 그 효력은 길어야 일주일 정도였다.

그전에 신유진이 한계 거리 내에 있지 않으면 정찬혁은 서서히 죽음에 이르게 된다.

만의 하나의 상황을 대비해 신유진은 정찬혁의 몸에도 임시 결계를 등에 새겨 놓았다.

짧으면 36시간, 길면 이틀 정도 버틸 수 있는 결계였다.

때문에 정찬혁이 카페에 있는 한, 신유진에게 어느 정도 행동의 자유가 있었다.

걸어서 30분 거리의 원두 가게에 다녀오는 것 정도는 아무 문제없는 일이었다.

원래는 하루 저녁만 쓸 정도로 적은 양의 원두만 사려고 했었지만 욕심을 부려 10㎏짜리 원두를 사버린 탓에 신유진의 이마는 땀으로 흠뻑 젖어 있었다.

"에고. 그냥 작은 걸로 살 걸 그랬나봐."

나직이 한숨을 내쉬며 신유진은 원두 봉투를 발등 위에 내려놓고 땀을 닦아냈다.

허연 입김이 나올 정도로 쌀쌀한 날씨였지만 무거운 물건을 들고 빠른 걸음으로 온 터라 그리 한기가 느껴지지는 않았다. 털장갑을 끼고 있는 손이 약간 시릴 뿐이었다.

신유진은 입김을 불어 차가워진 손을 데웠다.

땀이 식자 조금 싸늘한 기운이 느껴졌다. 이내 신유진은 원두 봉투를 다시 들고 천천히 걸음을 옮기기 시작했다.

그러다 문득 주위 분위기가 예전과는 조금 달라졌다는 것을 깨달았다.

원두 봉투를 끌어안은 채 신유진은 고개를 갸웃했다.

평일에도 관광객들이 많은 인사동 길이었다.

주위를 오가는 사람들이 많은 것은 평소와 다름없었지만 관광객 사이에 낯선 분위기를 풍기는 사내들이 몇몇 눈에 띄었다.

허름한 옷차림에 얼굴에는 시커먼 때가 끼여 있고 주위를 두리번거리며 수상쩍은 기색을 온몸으로 뿜어내고 있는 사내들이었다.

지금까지 이 부근에서는 한 번도 본 적이 없는 부류였다.

신유진은 그 자리에 멈춰선 채 천천히 주위를 둘러보았다.

수상한 기색을 보이는 사내는 모두 셋, 나이는 제각각이었지만 비슷한 차림새를 하고 있었다.

날카로운 눈빛으로 두리번거리는 걸로 보아 무언가를 찾고 있는 듯했다. 그러다 한 사내와 눈빛이 마주쳤다.

흠칫!

순간 신유진은 무언가 섬뜩한 느낌에 저도 모르게 어깨를 움츠렸다.

　짧은 순간 눈을 마주한 거라 사내는 신유진이 자신을 보고 있다는 것을 알아채지 못하고 다른 곳으로 고개를 돌렸다.

　신유진은 나직이 한숨을 내쉬었다.

　조만간 무슨 일이 생길 것 같은 예감이 신유진의 머릿속을 스쳤다.

　신유진은 다시 나직이 한숨을 내쉬며 천천히 걸음을 옮기기 시작했다.

　불길한 예감이 머릿속을 떠나지 않았지만 지금의 신유진이 할 수 있는 것은 아무것도 없었다.

　딸랑!

　입구가 열리며 낮은 종소리가 들려왔다.

　카페를 열 준비를 하고 있던 정찬혁이 고개를 돌렸다.

　커다란 원두 봉투를 들고 있는 신유진의 모습이 눈에 들어왔다.

　"좀 늦었군."

　힐끗 시계를 보며 정찬혁이 말했다.

　신유진은 카운터 위에 원두 봉투를 내려놓으며 길게 한숨을 내쉬었다.

　"후아. 얼마나 무거웠다고요."

"오늘 저녁 때 쓸 만큼만 사온다고 하지 않았던가?"

정찬혁의 질문에 신유진은 뒷머리를 긁적이며 대답했다.

"그러려고 했는데 어쩌다 보니……. 근데 오다가 좀 이상한 사람들을 봤어요."

"이상한 사람들?"

정찬혁이 반문하자 신유진은 고개를 끄덕이며 말을 이었다.

"네. 인사동 길을 통해서 이쪽으로 오고 있었는데, 왠지 어울리지 않는 사람들이 몇몇 눈에 띄더라고요. 허름한 차림에 눈빛이 매서운 사람들이었어요. 노숙자 같지는 않던데……."

"내가 해야 하는 일과 관련이 있는 자들인가?"

"글쎄요. 확실하진 않지만 그건 아닌 것 같아요."

"그러면 신경 쓰지 않아도 되겠군."

정찬혁은 이내 관심을 끊었다. 악마의 기운을 회수하는 일과 아무 관계없는 일에 괜히 심력을 낭비할 필요는 없었으니.

혹시라도 구룡회, 그것도 첸과 관련된 일이라면 모를까. 그외에는 무슨 일이 있든 아무 관심도 없었다.

정찬혁의 미적지근한 태도에 신유진은 눈을 동그랗게 뜨며 입을 열었다.

"조만간 무슨 일이 생길지도 몰라요. 그 사람들을 본 순간 불길한 예감이 들었어요. 그런데 신경 쓰지 않겠다니요? 그게 무슨 말이에요?"

정찬혁은 무표정한 얼굴로 신유진을 가만히 바라보았다. 이내 정찬혁이 천천히 입을 열었다.

"악마의 기운을 회수하는 것. 그게 내가 해야 할 일이 아니었던가? 그 외에 내게 뭘 더 바라는 거지?"

"그건……!"

신유진은 순간 말문이 탁 막혔다. 아무런 감정도 느껴지지 않는 정찬혁과 눈이 마주치자 신유진은 저도 모르게 나직이 한숨을 내쉬었다.

"에효. 내가 말을 말아야지. 하여간에 사람이 무슨 말을 하면 관심 없어도 있는 척해 줄 수도 있어야지."

신유진은 천천히 돌아서며 조용히 구시렁댔다.

그래 봤자 청력이 보통 사람의 몇 배나 뛰어난 정찬혁에게는 귓가에서 말하는 것처럼 선명하게 들렸지만.

정찬혁은 아무렇지도 않은 듯, 하던 일을 계속했다.

문득 정찬혁의 시선이 벽에 걸려 있는 시계로 향했다.

정찬혁은 여전히 낮은 음성으로 구시렁대고 있는 신유진에게 천천히 입을 열었다.

"준비해라. 카페 열 시간이다."

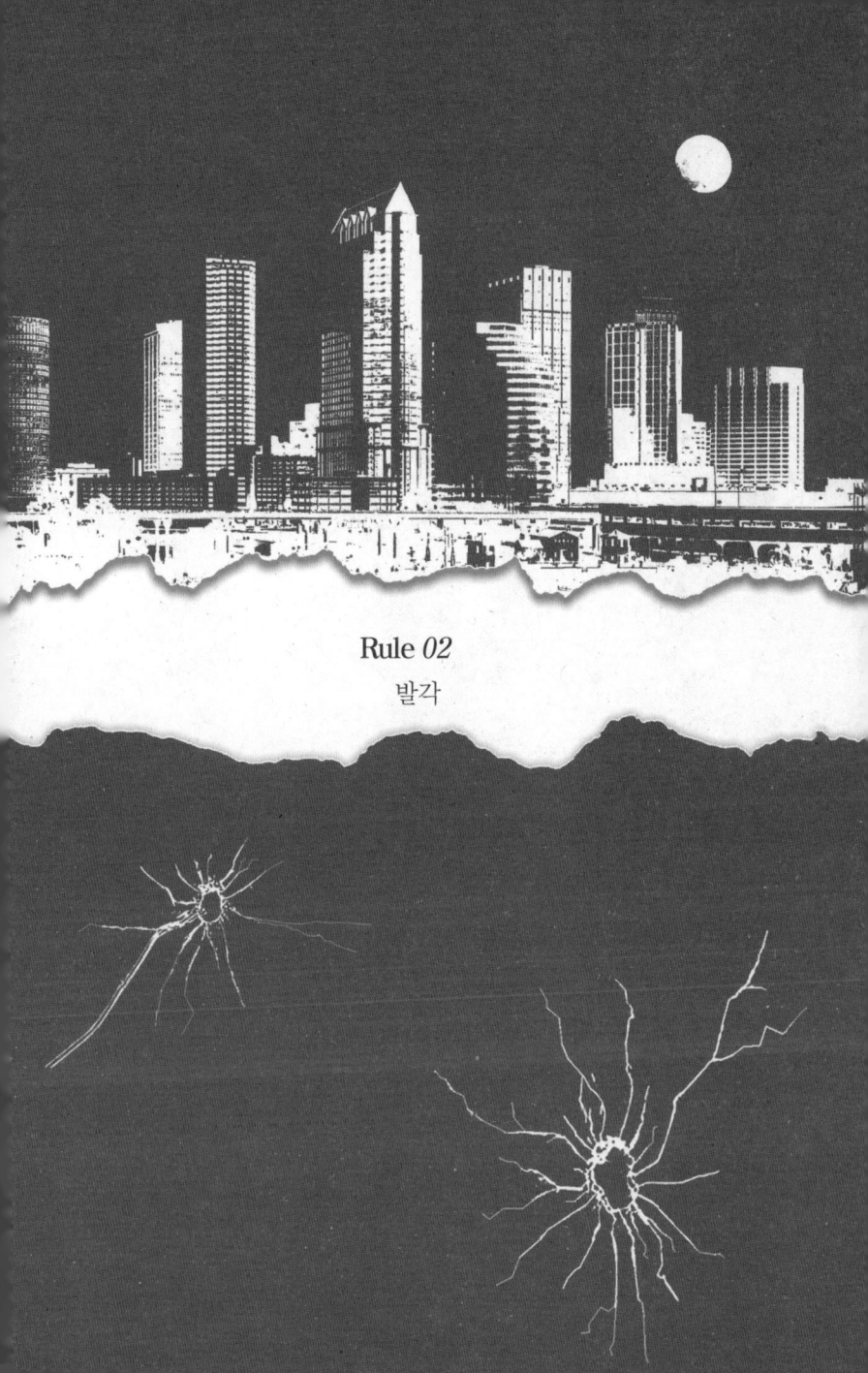

Rule *02*

발각

정찬혁은 여느 때처럼 타블로이드 신문을 들춰보며 밤을 보내고 있었다.

잠들지 못하는 몸을 지닌 탓에 밤은 너무도 긴 시간이었다. 원래는 쉬지 않고 격렬한 운동을 하는 것으로 시간을 보내곤 하던 정찬혁이었다.

그런데 타블로이드 신문을 읽기 시작한 것은 얼마 전의 일 때문이었다.

별 생각 없이 신문을 읽던 중, 우연히 숙주를 찾은 것이 계기였다.

일반적인 신문과는 달리 타블로이드 신문은 자극적인 기사들이 많았다.

기괴한 사건, 사고나 근거가 전혀 없는 음모론을 늘어놓기도 하는 터라 신뢰도는 바닥이었지만 방송이나 일반적인 신문에 보도되지 않는 사건이 기사화되는 경우가 있었다.

지난번에 숙주를 발견한 것도 그런 경우였다. 때문에 정찬혁은 매일같이 길거리 가판대에서 파는 타블로이드 신문을 사오곤 했다.

"흐음. 오늘도 허탕이로군."

신문의 마지막 장을 덮으며 정찬혁은 나직이 한숨을 내쉬었다.

정찬혁의 옆에는 그동안 읽은 신문이 가득 쌓여 있었다.

정찬혁은 손에 든 신문을 옆에 쌓여 있는 신문더미에 던져놓고는 천천히 몸을 일으켰다.

어느새 새벽의 어스름이 찾아올 시간이었다.

정찬혁은 한쪽 구석에 있는 철봉에 뛰어올라 가볍게 턱걸이를 수십여 개 한 후에 천천히 계단을 오르기 시작했다.

준비실 문을 열자 아직은 조금 어두운 카페 전경이 눈에 들어왔다. 카운터로 향한 정찬혁은 매일같이 하던 일을 시작했다.

얼마 지나지 않아 철컥, 하고 잠금 쇠가 열리는 소리와 함

께 문이 활짝 열렸다. 종소리와 함께 신유진이 안으로 들어왔
다.

"좋은 아침. 오늘도 역시 먼저 나와 있네요. 부지런하기도
하셔라."

신유진은 곧장 준비실로 들어가 앞치마를 두르고 나왔다.
손에는 진공청소기를 비롯한 각종 청소도구가 들려 있었다.

신유진은 익숙한 손놀림으로 카페 안을 청소하기 시작했
다.

그 모습을 가만히 바라보던 정찬혁은 나직이 한숨을 내쉬
며 입을 열었다.

"언제까지 이렇게 시간을 죽일 셈이지?"

진공청소기의 소음 때문에 정찬혁의 말을 듣지 못한 신유
진은 고개를 갸웃하며 청소기 전원을 껐다.

"네? 지금 뭐라고 했어요?"

"언제까지 이렇게 시간 낭비할 셈이냐고 물었다. 이쪽에서
숙주를 찾아낼 방법은 전혀 없는 건가?"

정찬혁의 질문에 신유진은 나직이 한숨을 내쉬었다.

안 그래도 요즘 그 문제 때문에 잠을 설치는 중이었다. 탐
지기를 만들려는 생각은 이미 진작부터 하고 있었다.

대충이나마 시제품도 만들어 놓았다. 하지만 신유진의 힘
이 아직 충분하지 않아 제대로 작동하지 못하고 있었다.

"안 그래도 탐지기를 만들고 있는 중이에요. 제가 힘이 모자라서 아직까지 완성을 하지 못했어요."

"언제쯤 완성되지?"

"보름달이 뜰 무렵…… 그러니까 일주일쯤 후에는 완성할 수 있을 거예요. 그때까지만 좀 더 기다려 줘요."

"알겠다."

일주일.

그리 길지 않은 시간이었다. 탐지기만 완성된다면 지금까지와는 달리 훨씬 수월하게 숙주를 찾아낼 수 있을 것이다.

일주일 정도는 충분히 기다릴 수 있었다. 정찬혁은 가만히 고개를 끄덕였다.

신유진은 다시 진공청소기 전원을 켰다. 우웅, 하는 모터 소리가 조용히 카페에 울려 퍼졌다.

*　　　*　　　*

"그러니까 다들 갑자기 사라졌단 말입니까?"

"예. 일주일 전쯤이었나? 다들 퇴근하고 기숙사로 돌아간 줄 알았습니다만… 그 다음 날부터 출근하지 않더군요. 보시다시피 너덧 명이 결근하면 한쪽 파트가 제대로 움직이지 않습니다. 그래서 기숙사로 찾아가 봤지요. 그런데 아무도 없더라고요. 나 원 참. 갑자기 다들 사라지는 바람에 대체 인력 구하느라 공장을 사흘이나 쉬었다고요. 안 그래도 납기일이 빠듯한데 사흘이나 쉬었으니 피해가 막심하죠. 어쩐지 소개료가 너무 싸서 이상하다 싶더라니. 여하튼 그놈들 꼭 좀 잡아주십쇼, 검사님. 잡히기만 하면 그냥 확, 요절을 내줘야지!"

흥분한 공장주를 가만히 바라보며 한윤철은 조용히 질문을 던졌다.

"팩토리 잡에 항의는 해보신 겁니까? 대부분의 인력 공급 업체에서는 그런 경우에 대한 보험 같은 게 있을 텐데요?"

한윤철의 질문에 공장주는 길게 한숨을 내쉬며 고개를 내저었다.

"후우……. 그쪽은 아무 책임 없다더군요. 계약서에 다 명시되어 있다고 발뺌하던걸요. 소개료가 다른 업체의 절반도 안 되는 건 다 그런 것 때문이었습니다. 게다가 사라진 다섯 말고는 다른 사람들은 모두 정상출근 했으니 강하게 따지기도 뭣하더군요. 소개료 좀 아끼려다 이게 무슨 꼴인지……."

공장주는 거푸 한숨을 내쉬며 말꼬리를 흐렸다.

한윤철은 재킷 안주머니에서 펜을 꺼내 들고 있던 자료에 체크했다.

"계약서에 그런 문구가 있다고 해도 팩토리 잡에 책임이 전혀 없다고 할 수는 없습니다. 계약서 조항보다 법이 우선하니까요. 근처 다른 공장들도 비슷한 피해를 입은 것 같던데…
어쩌면 팩토리 잡 측에 피해 보상을 요구할 수도 있을 겁니
다."

"그게 정말입니까?"

"예. 물론 좀 더 조사해 봐야 하겠지만요."

공장주는 반색을 하며 한윤철의 양손을 부여잡았다.

"제발 부탁드립니다. 좀 전에도 말했지만 그놈들 때문에
피해가 이만저만이 아닙니다."

"최대한 노력하겠습니다. 죄송합니다만 다른 곳에 볼일이
있어서 이만 가봐야 할 것 같습니다. 바쁘실 텐데 시간 내주
셔서 감사합니다."

지금까지 돌아본 다른 곳과 별반 다르지 않은 반응이었다.

아직 확인해 볼 곳이 많이 남은 터라 한윤철은 공장주에게
인사를 했다.

공장주는 고개를 꾸벅이며 연신 잘 부탁한다는 말을 되뇌
었다.

부여잡은 손을 놓을 생각을 하지 않는 공장주에게서 간신
히 빠져나오며 한윤철은 나직이 한숨을 내쉬었다.

근처 유료 주차장에 세워둔 차에 오르며 한윤철은 수첩에
휘갈겨 쓴 내용을 확인했다.

안산 지역은 이 정도로도 충분했다. 벌써 대여섯 군데의 공

장을 다녀온 한윤철이었다. 조사 결과는 엇비슷했다.

팩토리 잡에서 소개 받은 인력 중 일부가 어느 날 갑자기 사라져 버렸다는 것.

공장 규모에 따라 사라진 숫자는 차이가 있었지만 모두 같은 날에 사라진 것으로 확인되었다.

아직 확인해 보지 못한 곳이 몇 군데 있기는 했지만 다른 곳도 마찬가지일 것이다.

인천과 천안 쪽에서도 같은 날 연변 조선족들이 사라진 것이라면 생각보다 문제가 심각해질 가능성이 있었다.

광수대와 함께 수사 중인 연쇄살인과 아무 관계없을지도 모르지만 대수롭지 않게 그냥 지나칠 수는 없는 일이었다.

팩토리 잡.

행방불명된 연변 조선족들을 소개한 그 인력 공급 업체를 들쑤셔 볼 필요가 있었다.

하지만 수색영장도 없이 막무가내로 쳐들어 갈 수는 없는 일이었다. 잠시 생각해 보던 한윤철은 이내 한 가지 묘안을 떠올렸다.

외국인 노동자 거취 보고 누락.

행방불명된 연변 조선족의 신원은 공장주들을 통해 확인이 가능한 일이었다.

외국인 노동자의 관리를 맡고 있는 각각의 자치기관에 연변 조선족들이 사라진 것을 알리기만 하면 팩토리 잡에 압박을 가할 수 있을 터였다.

"우선은 인천과 천안 쪽도 확인해 봐야겠군."

나직이 중얼거리며 한윤철은 차에 시동을 걸었다.

인천남동공단.

1980년대 중반부터 조성되기 시작해 수도권 내에서는 상당한 규모를 지닌 공업단지 중 하나인 남동공단은 젊은이들의 3D 업종 기피현상으로 인해 공단 인력의 60% 정도가 외국인 노동자로 채워져 있는 곳이었다.

근처 주차장에 차를 세운 한윤철은 자료에 나와 있는 업체를 찾기 위해 주위를 두리번거렸다.

크고 작은 공장과 창고가 다닥다닥 붙어 있는 터라 길을 찾기가 상당히 난감했다. 한참을 헤맨 끝에 목표로 하던 공장을 찾을 수 있었다.

해질녘 즈음이었지만 공장 주위에는 기계를 돌리는 모터소리와 매연으로 가득했다.

한윤철은 손수건을 꺼내 입을 가린 채 주위를 둘러보았다. 마침 공장 안에서 직원으로 보이는 사내 하나가 밖으로 나왔다.

한윤철은 사내에게 다가가며 질문을 던졌다.

"여기 사장님 좀 뵈러 왔습니다. 어디 계십니까?"

워낙 기계 소리가 큰 탓에 잘 듣지 못한 것인지 사내가 고개를 갸웃했다.

한윤철은 다시 한 번 크게 소리쳤다.

"사장님 좀 뵐 수 있겠습니까?"

그제야 알아들은 사내가 물었다.

"무슨 일입니까?"

한윤철은 주머니에서 검사증을 꺼내 사내에게 보여줬다.

"한윤철 검삽니다. 사장님께 몇 가지 여쭤 볼 게 있어서 이렇게 찾아왔습니다."

검사증과 한윤철을 번갈아 보던 사내는 이내 고개를 끄덕이며 따라오라는 듯 손짓했다.

"이쪽으로 오시구려."

한윤철은 사내를 따라 공장 안으로 들어갔다. 쿵쾅거리는 기계 소리가 귓전을 때렸다.

손수건으로 입을 가리고 있는데도 쇳가루가 가득해 목이 따가웠다.

사내는 공장을 가로질러 끄트머리에 있는 사무실로 향했다.

사무실과 공장 사이에 두꺼운 벽이 있어서 그나마 기계 소음이나 쇳가루 먼지가 덜했다.

문 앞에 멈춰선 사내가 노크하며 입을 열었다.

"사장님! 손님입니다."

"들어오시라고 해."

사무실 안에서 걸걸한 중년 사내의 음성이 들려왔다. 사내는 한윤철을 바라보며 말했다.

"들어가 보십쇼. 전 일이 있어서 이만."

사내는 왔던 길을 되돌아갔다. 입을 가린 손수건을 주머니에 쑤셔 넣으며 한윤철은 사무실 문을 열었다.

"실례합니다."

자리에 앉아 있던 조금은 살집이 있는 사내가 일어나 악수를 청했다.

"안형일입니다. 그래 무슨 일로 절 찾으셨습니까?"

한윤철은 안형일의 손을 잡으며 대답했다.

"대검찰청 소속 검사 한윤철이라고 합니다. 최근에 직원 몇 명이 사라진 일이 있으시죠? 그것 때문에 몇 가지 여쭤 볼 것이 있습니다."

"그 일이 대검이 움직일 정도의 사건이었던 겁니까?"

한윤철의 말에 안형일은 적잖이 놀란 얼굴이었다. 한윤철은 가만히 고개를 내저으며 말을 이었다.

"오해하지 마십시오. 경찰과 공조수사 건으로 찾아뵌 겁니다."

"공조수사?"

"자세한 건 수사 기밀이라 말씀드릴 수 없습니다. 좀 전에
도 말했지만 얼마 전에 직원 몇몇이 사라진 정황에 대해 자세
히 듣고 싶습니다. 말씀해 주시겠습니까?"

"무슨 일 때문인지는 모르겠지만 필요하시다니 말해 드리
지요. 안 그래도 그놈들이 사라진 덕분에 하루 반나절을 날려
먹었으니 말입니다."

안형일은 길게 한숨을 내쉬며 천천히 이야기를 시작했다.

우우웅—

안형일의 이야기를 듣고 나오는 길이었다. 갑자기 휴대폰
이 진동했다.

한윤철은 후다닥 공장을 벗어나며 휴대폰을 꺼내들었다.
광수대 수사본부에서 온 전화였다.

"여보세요?"

전화를 받자 짜증이 섞인 이준형 반장의 음성이 귓가로 날
아들었다.

—지금 어디 계시는 겁니까, 한 검사님!

"잠시 볼일이 있어서 인천 쪽에 있습니다만. 무슨 일입니
까?"

—제가 분명히 말씀 드렸을 텐데요. 수사회의에 참석하라

고 말입니다.

"죄송합니다. 깜빡하고 있었군요. 지금 당장 수사본부로 돌아가겠습니다."

─당장 오십시오. 기다리겠습니다.

한윤철의 대답을 듣지도 않고 이준형은 그대로 전화를 끊어버렸다.

전화를 끊으면서 무어라 구시렁대는 소리가 들렸지만 제대로 알아들을 수는 없었다.

한윤철은 길게 한숨을 내쉬며 휴대폰을 주머니에 쑤셔 넣었다.

아직 확인해야 할 곳이 많이 남아 있었지만 어쩔 수 없는 일이었다.

남동공단에서는 아직 한 곳밖에 들러보지 않았지만 정황과 날짜는 안산 쪽과 거의 일치했다.

나중에 시간을 내서 좀 더 둘러봐야겠지만 천안 쪽도 마찬가지일 것이다. 아쉽기는 했지만 결론을 내리기에는 충분했다.

조사 결과를 토대로 각 지방의 자치기관에 연락해 사실을 알리면 생각했던 대로 팩토리 잡을 압박할 수 있을 것이다.

하지만 그보다 먼저 광수대로 돌아가 수사회의에 참석해야 했다.

곧장 주차장으로 향한 한윤철은 핸들을 꽉 움켜쥐고 엑셀을 강하게 밟았다.

앞서 두 번의 사건에서 제대로 잡을 수 없었던 구룡회의 흔적을 이번에는 확실히 밝혀내고야 말 거라는 강한 의지를 다지며.

*　　*　　*

"조선족이로군."

목도리로 얼굴을 절반쯤 가리고 있는 정찬혁이 나직이 중얼거렸다.

옆에서 나란히 걸음을 옮기고 있던 신유진이 조용히 속삭였다.

"조선족이요?"

"아니. 그냥 조선족이 아니라 연변거지들이다."

신유진의 질문에 정찬혁은 자신의 말을 정정했다. 신유진은 고개를 갸웃하며 다시 물었다.

"연변거지?"

"쉽게 말해 연변 조선족 출신의 청부업자라고 하면 이해하기 편하겠군."

연변거지.

일반적으로 중국 본토의 한족(漢族)들이 연변에 살고 있는 조선족들을 비하하는 말이었다.

하지만 뒷세계에서는 다른 의미로 사용된다. 돈이면 무엇이든지 다 처리해 주는 연변 조선족 출신의 폭력배를 일컬어 연변거지라고 부른다.

한때 TV취재 프로그램에서도 나왔던 돈 5천이면 사람도 죽여준다던 자들이 바로 연변거지들이었다.

그런 연변거지가 관광객들로 붐비는 인사동 부근을 어슬렁거리고 있다니 이상한 일이었다.

"그런 사람들이 왜 여기 있는 거죠?"

"글쎄……?"

정찬혁은 대답 대신 말꼬리를 흐렸다. 하지만 한 가지 마음에 걸리는 바가 있었다.

한국 내에 있는 연변거지는 대부분이 구룡회가 총알받이로 쓰기 위해 불러들인 자들이었다.

정찬혁 자신이 사신으로 활동하던 때에도 몇몇 자잘한 일에는 연변거지의 도움을 받은 적이 있었다.

당시에는 소수의 연변거지를 밀입국시켰었지만 지금은 다수를 별다른 제재 없이 입국시킬 수 있었다.

돈만 쥐어주면 온갖 더러운 일을 마다하지 않는 자들이라 연변거지들은 쓰고 버리는 소모품 같은 존재였다.

연변거지들은 주로 외국인 노동자가 많은 공단 지역에서 평범한 노동자로 위장하고 있었다.

그런 연변거지들이 그저 관광이나 하자고 인사동 인근에 올 리가 없었다.

정찬혁은 다른 곳을 보는 척하며 연변거지들의 동태를 살폈다.

무언가를, 아니, 누군가를 찾고 있는 것처럼 날카로운 눈빛으로 주위를 둘러보고 있었다.

그렇다는 것은.

'설마 날 찾는 건가?'

그럴 가능성이 높았다. 일전에 웨이 밍도 자신이 살아 있다는 것을 알고 명륜실업에 미리 함정을 파두지 않았던가.

웨이 밍의 성격으로 보아 제대로 보고하지 않고 독단적으로 움직였을 확률이 높았다.

하지만 웨이는 구룡회의 가장 중요한 전력 중 하나인 암룡이 아니던가.

그의 죽음을 구룡회에서 그냥 넘길 리가 없었다. 어쩌면 진상조사를 위해 다른 암룡을 파견했을지도 모르는 일이었다.

웨이가 누군가와의 싸움에서 패배해 스스로 목숨을 끊었다는 것은 약간의 조사로도 쉽사리 안 수 있을 터였다.

암룡을 쓰러뜨릴 수 있는 자는 오로지 같은 훈련을 받은 암룡뿐이었다.

본래 구룡회에서는 암룡 간의 대결을 철저히 금지하고 있으니 당연히 정찬혁의 생존 가능성에 무게를 두고 있을 것이다.

마지막 순간에 정찬혁의 죽음을 확인한 자는 아무도 없었으니.

"무슨 생각해요?"

갑자기 신유진이 눈앞에 불쑥 얼굴을 들이밀며 질문을 던졌다.

놀랄 법도 한 상황이었지만 정찬혁은 눈 하나 깜짝하지 않았다.

"아무것도 아니다. 카페로 돌아가지."

정찬혁은 살짝 흘러내린 목도리를 다시 고쳐 메고는 천천히 걸음을 옮기기 시작했다.

양손에는 커다란 원두 봉투를 하나씩 들고 있는데도 정찬혁의 걸음은 빠르기만 했다.

"가, 같이 가요!"

카페로 돌아온 후에도 정찬혁은 생각에 잠겨 있었다.

부근에 나타난 연변거지들의 목적이 무엇인지 확실히 알아낼 필요가 있었다.

자신의 생존 가능성을 염두에 두고 구룡회가 보낸 자들이라면 대응책을 마련해 둬야 했다.

　막무가내로 달려들었다가는 불길에 몸을 던지는 부나방 같은 꼴이 될 뿐이었으니.

　우선 확인해 두어야 할 것이 있었다. 정찬혁은 나직이 한숨을 내쉬며 카페를 열 준비를 하고 있는 신유진에게 물었다.

　"한 가지 확인해 볼 게 있다."

　"뭔데요?"

　테이블을 정리하고 있던 신유진이 고개를 갸웃했다. 정찬혁은 천천히 입을 열었다.

　"지난번에 내 등에 새겨준 결계가 있다면 한계 거리 밖에서도 하루 이상은 아무렇지 않게 움직일 수 있다고 했었지?"

　"네. 격렬한 활동만 하지 않는다면 이틀 정도는 너끈히 움직일 수 있을 거예요. 물론 결계의 지속 시간이 다 되기 전에 한계 거리 내에 들어오거나 카페로 돌아와야 하겠지만요. 근데 갑자기 그건 왜요?"

　"혹시나 무슨 일이 생길지 모르는 일이니 만약의 사태에 대비하려는 거다. 너도 장시간 자리를 비울 때에는 꼭 긴급 연락처를 남겨둬라."

　"무슨 생각하는 거예요, 찬혁 씨? 혹시 연변거지라는 사람들 때문이에요?"

신유진은 고개를 갸웃하며 물었다. 정찬혁은 나직이 한숨을 내쉬며 고개를 끄덕였다.

"네 말대로 조만간 무슨 일이 생길지도 모르겠다. 아마도 지난번 일 때문에 그들이 날 찾고 있는 거겠지."

"그들… 이라면?"

정찬혁은 아무런 표정 변화 없이 천천히 입을 열었다.

"나를 죽음에 이르게 한 자들… 구룡회."

무표정한 얼굴로는 아무런 감정도 알아낼 수 없었지만 정찬혁의 음성은 미세하게 파르르 떨렸다.

그것이 두려움인지, 아니면 사무칠 듯한 증오로 인한 것인지 신유진으로서는 아무것도 알 수 없었다.

"안 돼요. 그러지 말아요, 찬혁 씨."

한참이 지나서야 신유진은 조심스레 말했다. 정찬혁은 여전히 무표정한 얼굴이었다.

"그러지 말라니. 무얼 말이냐?"

"지금 생각하고 있는 일말이에요."

"내가 무슨 생각을 하고 있는지 알고 있다는 거냐?"

"대강 짐작은 할 수 있어요. 부탁이니 제발 그런 생각 말아요. 당신이 힘겹게 얻은 기회가 한순간에 물거품이 될 수도 있어요. 그러니……"

신유진은 간절함을 담아 그렇게 말했다. 정찬혁은 가만히 신유진을 바라보았다.

정찬혁의 깊이를 알 수 없는 어두운 눈빛과 신유진은 맑은 눈빛이 마주쳤다.

이내 정찬혁은 나직이 한숨을 내쉬었다.

"내가 먼저 나서서 일을 벌일 생각은 없다."

"정말이죠?"

정찬혁은 대답 대신 고개를 끄덕였다. 그제야 신유진은 나직이 안도의 한숨을 내쉬었다.

이내 신유진은 다시 테이블을 정리하고 카페를 열 준비를 했다. 테이블 정리를 마친 신유진이 잠근 문을 열었다.

얼마 지나지 않아 딸랑, 하는 종소리와 함께 문이 열리고 손님이 하나둘, 카페 안으로 들어오기 시작했다.

신유진은 언제 그랬냐는 듯 밝게 미소를 지으며 손님을 맞이했다.

"어서 오세요. 행복한 커피 향이 가득한 곳, 카페 베아투스입니다."

주위의 다른 카페와는 달리 베아투스의 마감 시간은 꽤나 빠른 편이었다.

보통의 카페는 오후 10시 즈음에 마감을 하거나, 프랜차이즈 카페는 마감 없이 24시간 내내 영업하는 곳도 있었다.

하지만 베아투스는 오후 8시가 되면 마감을 준비하고 30분에 문을 닫는다.

베아투스를 찾는 손님들은 대부분 식사 후에 잠시 시간을 보낼 곳을 찾아오는 터라 가능한 일이었다.

처음에는 몇몇 손님이 일찍 마감을 하는 것에 불만을 표시하기도 했었다.

하지만 시간이 지나자 그런 손님들은 점점 사라져 갔다.

영업시간을 알려주는 팻말도 입구에 걸어 놓은 후로는 다른 곳에 비해 일찍 마감한다고 불평하는 손님은 아무도 없었다.

지금도 마찬가지. 오후 8시 즈음이 되자 손님들은 하나둘, 카페를 나서기 시작했다.

마지막까지 자리를 차지하고 있던 손님이 나간 것은 8시 10분이 막 지날 무렵이었다.

"오늘도 수고하셨어요."

10여 분 만에 정리를 모두 마친 신유진은 빙긋 미소를 지으며 준비실로 향했다.

이내 퇴근 준비를 하고 나온 신유진은 설거지를 하고 있는 정찬혁에게 말했다.

정찬혁은 별다른 대꾸 없이 고개를 까딱했다.

신유진은 숄더백에서 열쇠를 꺼내 들고는 밖으로 나갔다.

딸랑, 하는 맑은 종소리가 들려왔다.

막 문을 잠그려던 신유진은 다시 문을 열고는 고개를 빼꼼히 안으로 내밀었다.

"아까 한 말, 잊지 말아요."

"?"

"먼저 나서지 않겠다던 거 말예요. 설마하니 남자가 한 입으로 두말하진 않겠죠?"

재차 확인하는 신유진의 말에 정찬혁은 대답 대신 가만히 고개를 끄덕였다.

신유진은 빙긋 미소를 지으며 카페 문을 잠갔다.

"그럼 내일 봐요. 좋은 밤 되세요, 찬혁 씨!"

신유진의 발걸음 소리가 점점 멀어졌다.

묵묵히 설거지를 하던 정찬혁은 내부 조명의 조도를 낮췄다. 희미한 빛이 카페 내부에 내려앉았다.

이내 설거지를 마친 정찬혁은 깨끗하게 씻은 머그컵을 물기가 잘 빠지도록 뒤집어서 찬장에 정리했다.

찬장 옆에 걸려 있는 수건으로 손에 묻은 물기를 닦아내며 힐끗 벽에 걸린 시계를 바라보았다.

오후 8시 40분.

그리 늦은 시간은 아니었다.

정찬혁은 준비실로 들어가 점퍼를 걸치고 목도리를 둘러

얼굴을 반쯤 가렸다.

점퍼의 깃을 세우고 거기에 굵은 회색 털실로 짠 비니를 쓰고 나니 가까운 사람이 아니면 누군지 잘 알아볼 수 없을 것 같았다.

가만히 거울을 보며 자신의 차림새를 확인한 정찬혁은 나직이 중얼거렸다.

"이 정도면 되겠군."

이내 정찬혁은 천천히 준비실을 나와 카페 밖으로 걸음을 옮기기 시작했다.

정찬혁의 발걸음이 향한 곳은 몇 시간 전 연변거지들을 봤던 인사동 길 부근이었다.

오후 9시가 넘은 시간이었지만 인사동 길은 여전히 사람들이 붐볐다. 밤이었지만 주위는 대낮처럼 훤했다.

정찬혁은 목도리로 코를 덮고는 주위를 오가는 인파 속으로 걸음을 내디뎠다.

얼마 지나지 않아 연변거지 두엇을 찾을 수 있었다. 연변거지들은 길가에 서서 날카로운 눈빛으로 주위를 오가는 사람들을 살펴보고 있었다.

정찬혁은 말없이 인사동 길을 끝까지 걸었다.

그리 길지 않은 인사동 길이었지만 사람이 워낙 많아 20여 분이 걸렸다. 걸음을 멈춘 정찬혁은 길게 한숨을 내쉬었다.

'여긴 넷밖에 없는 건가?'

나직이 중얼거리며 정찬혁은 돌아서서 다시 한 번 인사동 길을 가로질렀다.

역시나 넷밖에는 보이지 않았다. 연변거지들의 얼굴을 모두 기억한 정찬혁은 이번에는 명동으로 향했다. 잠깐 머릿속에 떠오른 의문의 해답을 찾기 위해서였다.

명동에는 인사동 길보다 훨씬 많은 사람이 인산인해를 이루고 있었다.

정찬혁은 붐비는 사람들과 전혀 부딪치지 않고 걸음을 내딛었다.

"주님께서는 여러분을 죄악에서 구원하시기 위해 십자가에 못 박혀……!"

"언니한테 딱 어울리네요. 싸게 드릴게요. 하나 사요."

"아저씨. 여기 회오리 감자 하나만 주세요."

"본점에서는 연말 특가 행사로 10만 원 이상 구매 시에 사은품으로……!"

귀가 아플 정도로 시끄러운 소리들이 사방에서 들려왔다.

하지만 정찬혁은 주위 소음에는 아무런 관심도 없었다. 그저 천천히 걸음을 옮기며 오가는 사람들을 살폈다.

'일단 하나.'

얼마 지나지 않아 정찬혁은 인사동 길에서와 마찬가지로

연변거지를 찾을 수 있었다.

정찬혁은 두어 시간 동안 명동 거리를 샅샅이 뒤졌다. 발견한 연변거지는 모두 열두 명이었다.

오가는 사람들의 숫자가 인사동 길의 너덧 배 이상은 되는 곳이었으니 당연한 일이었다.

좀 더 먼 곳도 확인해 보고 싶었지만 첫날부터 무리할 필요는 없었다.

며칠 더 살펴봐야 하겠지만 어느 정도 결론을 내린 정찬혁은 목도리를 고쳐 메고는 천천히 명동을 벗어났다.

"후우⋯⋯."

카페로 돌아온 정찬혁은 길게 한숨을 내쉬며 자리에 털썩 앉았다.

인사동 길과 명동에서 확인한 연변거지의 숫자는 모두 열일곱이었다.

상황으로 보아 다른 곳도 연변거지들이 있을 것 같았다. 내일부터는 조금 먼 곳도 확인해 봐야겠지만 어느 정도 확신할 수 있었다.

아직까지는 카페 베아투스를 의심하고 있지는 않다는 것이었다.

애초에 자신이 위장신분을 위해 카페를 운영하고 있다는

사실은 첸 외에는 아무에게도 알리지 않았었다.

혹시라도 구룡회 내에 기록이 남아 있다고 해도, 설마하니 배신을 했던 자가 자신의 근거지를 옮기지 않았으리라고는 생각지 못했으리라.

등잔 밑이 어둡다는 말이 딱 들어맞는 상황이었다. 문득 베아투스에 다시 돌아온 날 신유진이 했던 말이 떠올랐다.

"구룡회는 절대 이곳을 눈치채지 못할 테니까요."

그런 확신에는 자신이 알지 못하는 이유도 있겠지만 이런 상황도 염두에 둔 것 같았다.

하지만 그렇다고 안심하고 있을 수는 없는 일이었다. 연변거지를 처음 발견한 인사동 길은 카페가 있는 가회동과는 그리 멀지 않은 곳이었으니.

상황으로 보아 언제 자신의 위치를 연변거지들에게 발각당할지 모르는 일이었다.

신유진에게는 먼저 움직이지 않겠다고 하기는 했지만 마냥 기다리고 있을 수는 없는 일이었다.

"아무래도 약속은 어길 수밖에 없겠군."

나직이 중얼거리며 정찬혁은 천천히 몸을 일으켰다.

       *   *   *

"아직도 찾지 못했다고요?"

린의 보고에 메이린은 왈칵 인상을 찌푸렸다.

2천여 명의 연변거지들을 동원해 정찬혁의 행방을 찾기 시작한 지 벌써 일주일이 넘었다.

하지만 아무런 소식도 없자 슬슬 인내심의 한계가 느껴지기 시작했다.

"죄송합니다. 하지만 수색 범위가 너무 막연하고 넓어서 좀 더 시간이 걸릴 것 같습니다. 그리고……."

린은 말꼬리를 흐리며 힐끗 메이린의 눈치를 살폈다. 메이린이 눈꼬리를 치켜 올리며 물었다.

"그리고 뭐죠?"

"이번에 무리하게 연변거지들을 동원한 탓에 팩토리 잡에 압박이 들어오고 있다고 합니다."

"팩토리 잡? 그게 뭐죠?"

메이린은 무슨 소리냐는 듯 고개를 갸웃했다. 린은 나직이 한숨을 내쉬며 말을 이었다.

"진용의 자회사 중 하나로 서울경기 지역의 연변 조선족 인력 공급을 담당하고 있는 업체입니다. 이번에 동원한 연변 거지들도 모두 팩토리 잡을 통해서 한국으로 들어온 자들이

지요."

"그래서요?"

"팩토리 잡에서 공급한 인력이 한꺼번에 2천이 넘게 사라진 것을 공단 지역의 자치기관이 알게 된 모양입니다. 거의 비슷한 시기에 각 지역에서 실사가 시작된 걸로 보아 어쩌면 경찰이나 검찰이 개입한 것일지도 모릅니다."

"그게 어쨌다는 거죠? 제가 지금 그런 사소한 일까지 신경 써야 하는 건가요? 그런 문제는 린이 알아서 해결해요."

메이린은 짜증 섞인 음성으로 린을 쏘아붙였다.

순간 린은 어깨를 움찔했지만 물러서지 않고 조심스레 말을 이었다.

"사소한 일이 아닙니다. 한국에 오신 지 얼마 되지 않아 잘 모르시겠지만 팩토리 잡은 현재 진용 내에서 꽤나 중요한 일을 맡고 있습니다. 법적인 하자 없이 안정적으로 필요한 인력을 한국에 끌어들일 수 있는 곳입니다. 만약 팩토리 잡을 버려둔다면 앞으로 쓰고 버릴 연변거지들을 제대로 한국에 불러들일 수 없게 될 겁니다."

"그래서 저보고 어쩌라는 건가요?"

"수색 범위를 좁힐 수는 없을까요? 자치기관에서 일주일 정도의 유에 기간을 준 걸로 알고 있습니다. 그전에 언변거지들이 각자 일하던 공장으로 돌아간다면 조용히 무마시킬 수 있을 것 같습니다."

미간을 찌푸린 채 가만히 린을 바라보던 메이린은 잠시 후에 길게 한숨을 내쉬며 입을 열었다.

"수색 범위를 좁혀야 한다고요? 흐음……. 그러려면 지난번 일에 대한 상세한 자료가 필요하겠군요."

"지난번 일이라면……."

"네. 웨이 밍의 죽음에 관련된 어떤 사소한 일이라도 좋으니 자료를 준비해 줘요. 가능하겠죠?"

"알겠습니다. 내일 아침까지 준비해 놓겠습니다."

린의 대답에 메이린은 그제야 언짢은 표정을 조금 누그러뜨릴 수 있었다.

메이린은 소파에 몸을 깊숙이 누이며 나직이 중얼거렸다.

"쳇! 빨리 놈을 찾아야 재밌는 일이 생길 텐데."

*   *   *

"아무래도 확실한 것 같군."

정찬혁은 불 꺼진 카페 안에서 조용히 중얼거렸다.

지난 닷새간 정찬혁은 서울의 각지를 오가며 수많은 연변 거지를 확인할 수 있었다.

사람들이 많이 다니는 곳에서는 언제나 연변거지들이 최

소한 너덧 이상은 있었다.

지금까지 확인한 연변거지만 해도 어림잡아 3백 이상은 넘었다.

그렇다는 것은 서울 내에 최소한 1천 이상의 연변거지가 모여 있다는 뜻이었다.

"일단 놈들이 정말로 날 찾고 있는 것인지 확실하게 확인해 봐야겠군."

정찬혁은 천천히 몸을 일으켜 카페를 나섰다. 오후 10시를 넘은 시간이라 카페 근처는 사람들이 드문드문 다닐 뿐이었다.

간혹 연변거지 두엇이 인사동 길을 지나 이 부근까지 돌아다니기도 한 터라 정찬혁은 멀리까지 나가지 않고 근처를 천천히 배회했다.

얼마 지나지 않아 연변거지 두 사람이 종종 걸음으로 어딘가 이동하고 있는 것이 보였다.

정찬혁은 최대한 발소리를 죽이고 조용히 두 사람의 뒤를 따랐다.

연변거지 두 사람은 주위를 두리번거리며 오가는 사람들의 얼굴을 조심스레 확인하고 있었다.

길가에 사람들이 거의 보이지 않자 연변거지들은 두 갈래로 난 골목 어귀에서 걸음을 멈추고는 무어라 이야기를 나

넜다.

정찬혁은 들키지 않게 어둠 속에 몸을 숨긴 채 가만히 두 사람을 지켜봤다.

"니는 저쪽으로 가보라. 나는 이쪽을 볼 테니."

나이가 좀 있어 보이는 자가 손가락으로 좌우를 가리키며 말했다.

이내 두 사람은 각자 맡은 골목으로 흩어졌다. 어둠 속에서 그 모습을 지켜보던 정찬혁은 나이가 많은 자가 간 골목으로 걸음을 옮기기 시작했다.

얼마 지나지 않아 주위를 두리번거리는 연변거지의 뒷모습을 발견할 수 있었다.

정찬혁은 조금의 망설임도 없이 연변거지를 향해 달려들었다.

갑작스레 다가오는 인기척을 느낀 연변거지가 고개를 돌린 순간, 정찬혁은 그대로 손을 뻗어 멱살을 틀어쥐었다.

"켁!"

갑자기 숨이 콱 막히는 바람에 연변거지는 짧은 신음을 토해냈다.

정찬혁은 멱살을 콱 움켜쥔 채, 한 손으로 연변거지를 들어 올렸다. 꽤나 덩치가 있는 연변거지였지만 이내 발끝이 허공에 떠올랐다.

연변거지가 정찬혁의 손을 벗어나려 버둥거렸지만 뿌리치기는커녕 오히려 더욱 목줄을 조여 왔다. 정찬혁은 낮은 음성으로 천천히 입을 열었다.

"몇 가지 물어 볼 게 있다. 솔직히 대답하면 그냥 보내주도록 하지."

버둥거리던 연변거지는 벼락에라도 맞은 듯 움찔했다.

살기가 담긴 정찬혁의 음성이 귓가로 날아든 탓이었다. 본능적인 두려움에 절로 몸이 굳었다. 연변거지는 억지로 고개를 끄덕였다.

그제야 정찬혁은 천천히 연변거지를 내려놓았다. 숨통이 트이자 연변거지는 그 자리에 풀썩 주저앉은 채 크게 숨을 몰아쉬며 헉헉거렸다.

정찬혁은 얼굴을 가리고 있는 목도리를 내리며 가만히 연변거지를 쏘아보았다.

"너희가 찾고 있는 게 바로 나인가?"

목덜미를 매만지며 숨을 고르던 연변거지는 저도 모르게 고개를 들었다.

정찬혁과 얼굴을 마주한 연변거지의 눈이 찢어져라 크게 치켜떠졌다.

"너, 넌……!"

그것만으로도 충분한 대답이 되었다. 정찬혁은 입꼬리를

살짝 말아 올리며 천천히 입을 열었다.

"구룡회에 가서 전해라. 이렇게 어설프게 여기저기 들쑤시고 다니지 말고 얌전히 기다리라고. 내가 곧 찾아갈 테니 철저히 준비하라고 말이다."

정찬혁의 말에 연변거지의 눈이 더욱 커졌다.

지난 열흘간 그토록 찾아 헤매던 자가 스스로 자신의 앞에 나타난 데다, 자신들의 배후에 구룡회가 있다는 것까지 알고 있다니. 그저 놀랄 수밖에 없었다.

"아, 알겠다."

연변거지는 고개를 끄덕일 수밖에 없었다. 자신은 절대 상대할 수 없는 자라는 것을 본능적으로 느낄 수 있었다.

두려움에 몸을 떠는 연변거지의 귓가에 정찬혁의 낮은 음성이 흘러들었다.

"내 말은 빨라도 사흘 후쯤에 전해라."

그 말을 남긴 채 정찬혁은 천천히 돌아서서 걸음을 옮기기 시작했다.

채 열 걸음도 걷기 전에 정찬혁은 멈춰 섰다. 정찬혁이 천천히 고개를 돌리자 막 몸을 일으키려던 연변거지가 돌이 된 듯 멈칫했다.

"한마디만 더 하지. 다시는 내 눈에 띄지 않았으면 좋겠군."

　　　　*　　　*　　　*

　메이린은 제대로 먹지도 자지도 않은 채로 웨이 밍의 죽음
과 관련된 자료를 샅샅이 살펴보고 있었다.

　웨이 밍의 시체가 발견된 명륜실업에 대한 것만이 아니라,
그가 한국으로 온 이후 주위에서 벌어진 모든 일에 대해 조사
한 자료들이라 그 양은 어마어마했다.

　벌써 사흘이나 밤을 새웠지만 아직도 절반 정도밖에 살펴
보지 못했을 정도의 양이었다.

　하지만 메이린은 조금도 지치지 않은 듯 그 자리에 가만히
앉아서 계속해서 자료를 살펴보고 있었다.

　무너진 만물상과 헤로인 거래를 하던 소매 조직에 관한 내
용을 살펴보고 있던 메이린은 순간 고개를 들고 낮게 소리쳤
다.

　"린! 밖에 있나요?"

　늦은 밤이었지만 곧장 대답과 함께 린이 문을 열고 안으로
들어왔다.

　"부르셨습니까?"

　"여기 이자. 지금 당장 데려올 수 있겠어요? 직접 확인해
봐야 할 게 있어요."

메이린은 짧은 스포츠머리를 한 전형적인 조폭의 인상을 한 사내의 사진을 가리켰다.

가까이 다가간 린은 사내에 대한 자료를 받아 들었다.

"범양파 행동대장, 조태식? 왜 이런 쓰레기 같은 자를……?"

예상치 못한 메이린의 명령에 린은 저도 모르게 고개를 갸웃했다.

순간 메이린이 한쪽 눈꼬리를 치켜 올리며 싸늘하게 뇌까렸다.

"언제부터 제가 하나하나 설명해 줘야 했던 거죠, 린?"

순간 린은 어깨를 움찔하며 고개를 깊이 숙였다.

"죄, 죄송합니다. 지금 당장 이자를 데려 오겠습니다."

"많이 기다리지 않아요. 한 시간 주죠."

"예!"

린의 대답에 그제야 메이린은 치켜 올린 눈썹을 제자리로 되돌렸다.

"크으. 취한다."

범양파 행동대장인 조태식은 술에 거나하게 취한 채 집으로 걸음을 옮기고 있었다.

늦은 시간이라 주위에는 사람이 거의 보이지 않았다. 있다

고 해도 험상궂은 인상의 조태식에게 가까이 다가오는 자들
은 아무도 없었다.

"뭘 봐, ×발! 술 취한 사람 처음 보냐! 앙!"

조태식은 조금 떨어진 곳에서 힐끔힐끔 자신을 바라보는
사람들에게 버럭 소리쳤다.

안 그래도 험악한 인상인데 술에 취해 얼굴이 붉게 달아올
라 오랜 흉터가 드러난 탓에 더욱 험악해 보였다.

사람들은 시비를 거는 조태식을 피했다. 인상을 쓰며 주위
를 둘러보던 조태식은 이내 비틀비틀 걸음을 옮기기 시작했
다.

행패를 부리는 조태식을 피하느라 거리는 텅 비어 있었다.
그제야 조태식은 마음에 든다는 듯 히죽 미소를 지었다.

하지만 조태식은 얼마 지나지 않아 왈칵 인상을 찌푸리며
걸음을 멈췄다. 어디선가 두 사람이 나타나 자신의 앞을 막아
선 탓이었다.

"뭐야?"

조태식은 최대한 험악한 인상을 쓰며 자신의 앞에 선 두 사
내에게 소리쳤다.

검은색 정장을 입은 두 사내 중 선글라스를 쓴 사내가 조용
히 입을 열었다.

"범양파 행동대장 조태식, 맞나?"

조태식의 얼굴이 더욱 일그러졌다. 자신이 범양파 조직원이라는 것을 알면서도 앞을 막아선 것이 괘씸하기 짝이 없었다.

조태식은 선글라스 사내에게 다가가 주먹으로 가슴을 툭 치며 말했다.

"×발, 뒈지고 싶냐?"

조태식은 당장에라도 사내를 후려칠 것 같은 태도였다. 하지만 선글라스 사내는 눈 하나 깜짝하지 않았다.

"다시 묻지. 범양파 행동대장 조태식이 맞나?"

"미친 새×가! 뒤질라고!"

조태식은 버럭 소리치며 곧장 선글라스 사내를 향해 주먹을 날렸다.

하지만 조태식의 주먹은 사내에게 닿지 않았다. 조태식의 가슴께로 파고든 선글라스 사내가 멱살을 잡고 그대로 휙 하니 던져 버린 탓이었다.

"어억!"

자신의 몸이 허공으로 붕 떠오르자 조태식은 저도 모르게 낮은 신음을 뱉어냈다.

사실 자신의 몸이 떠올랐다기보다 세상이 눈앞에서 뒤집힌 것 같은 기분이 들었다.

이내 조태식은 바닥에 쿵, 하고 등으로 떨어졌다. 순간 숨이 콱 막혔다.

통증이 느껴지자 정신이 번쩍 들었다. 술기운이 순식간에 싹 달아나는 것 같았다.

조태식은 주먹을 꽉 움켜쥐고 벌떡 일어났다. 호되게 바닥에 부딪친 탓에 등이 아렸지만 조태식은 아랫입술을 꽉 깨물며 참아냈다.

"너 이 새×! 이 조태식이가 아무리 술에 취했어도 너 따위는 한주먹 거리도 안 돼. ×발! 덤벼! 덤비라고!"

조태식은 주먹을 들어 올리며 전투태세를 갖추고, 한 손을 까딱까딱거리며 상대를 도발했다.

범양파의 막내에서 돌격대장이 되기까지 지난 수년간 조태식은 온갖 산전수전을 헤쳐 온 몸이었다.

머리가 깨지고 배에 칼을 꽂고도 상대를 쓰러뜨리기 전까지는 절대로 물러서지 않던 조태식이었다.

"네놈을 찾는 분이 계시니 함께 가줘야겠다."

선글라스 사내는 그렇게 말했다.

조태식의 얼굴이 살짝 일그러졌다. 이내 조태식은 이죽거리는 미소를 지으며 말했다.

"어디의 누가 날 찾는다는 건지 모르겠지만 그렇게 보고 싶으면 직접 찾아오라고. ×발!"

"말로 해서는 안 되겠군."

선글라스 사내는 옆에 있는 사내에게 살짝 고갯짓했다. 신호를 받은 사내가 한 걸음 앞으로 나섰다.

조태식은 입꼬리를 말아 올리며 다시 손을 까딱거리며 상대를 도발했다.

"그래, ×발! 어서 덤벼 보라고. 덤비……! 컥!"

순간 앞으로 나선 사내의 주먹이 눈치채지 못한 사이에 조태식의 복부 깊숙이 틀어 박혔다.

조태식은 배가 찢어질 것 같은 통증에 말을 제대로 끝내지 못하고 짧은 비명을 토해냈다.

예상치 못한 순간에 당한 공격이라 힘이 빠져나가 두 다리가 후들거렸다. 더 이상 버티지 못하고 조태식은 그대로 풀썩 무릎을 꿇었다.

"우웨에엑!"

끓어오르는 뱃속의 통증을 참지 못한 조태식은 그대로 속을 게워내기 시작했다.

바닥이 토사물로 흠뻑 젖었다. 시큼한 악취가 주위로 퍼져나가기 시작했다.

상대는 아랑곳하지 않고 토사물을 토해내는 조태식의 머리를 발끝으로 강하게 후려쳤다.

퍼억─!

수박이 깨지는 듯 둔탁한 타격음이 터져 나왔다. 조태식은 토사물을 허공으로 토해내며 뒤로 몇 미터나 튕겨 나갔다. 정신이 아득해졌다.

콰당탕!

바닥에 튕겨 나가 쓰러진 조태식은 그대로 의식의 끈을 놓아버렸다.

이미 기절해 버렸음에도 조태식은 몸을 꿈틀거리며 연신 토사물로 바닥을 더럽히고 있었다.

기절한 조태식을 힐끔 바라보던 선글라스 사내는 천천히 돌아서며 말했다.

"놈을 데려간다. 일으켜라."

명령을 받은 사내가 기절한 조태식을 마치 짐짝이라도 들어 올리듯 어깨에 걸쳤다.

꽤나 덩치가 있는 조태식이었지만 사내는 그리 힘든 기색은 보이지 않았다.

선글라스 사내가 걸음을 옮기기 시작하자 사내는 조용히 그 뒤를 따랐다.

"이봐. 이제 좀 정신 차리지?"

누군가 발로 툭툭 몸을 건드리는 것이 느껴졌다. 귓가로 흘러든 신경질적인 음성에 조태식은 서서히 의식을 되찾아갔다.

끄응, 하는 신음과 함께 조태식은 천천히 눈을 떴다. 아직 눈앞이 흐릿해 제대로 보이지 않았다. 짙은 안개가 낀 것처럼 주위가 흐리멍덩했다.

조태식은 다시 눈을 감았다가 떴다. 아주 조금 시야가 맑아졌다.

조태식은 자다가 깬 것처럼 멍한 눈으로 고개를 들었다. 여성으로 보이는 흐릿한 인영이 자신을 내려다보고 있었다.

조태식은 눈을 끔뻑거리며 눈앞의 여성을 바라보았다.

숙취 때문에 머리가 아팠다. 무슨 일이 있었던 것인지 제대로 기억이 나지 않았다.

조태식은 고개를 갸웃하며 저도 모르게 물었다.

"누구……?"

거의 동시에 대답 대신 여성의 발길질이 날아들어 조태식의 얼굴을 후려쳤다.

퍼억!

"컥!"

힘도 별로 없을 것 같은 늘씬한 다리였지만 마치 쇠파이프로 맞은 것 같은 충격에 조태식은 신음을 토해내며 바닥에 쓰러졌다.

입안이 비릿한 것이 피가 터진 모양이었다. 정신이 번쩍 들었다. 그리고 보니 술에 취해 숙소로 돌아가던 중, 검은색 정장을 입은 사내들을 만난 기억이 났다.

어떻게 된 일인지 정확한 상황이 떠오르지는 않았지만 아무래도 검은색 정장 사내들에게 끌려온 것 같았다.

조태식의 얼굴이 구겨졌다. 아무리 술에 취했다지만 누군지 알 수도 없는 자들에게 끌려오다니.

게다가 제 덩치의 반도 안 되어 보이는 여성에게 걷어차여 흉하게 바닥을 나뒹굴다니.

10년이 넘도록 조직 생활을 해오는 동안 처음 겪는 굴욕이고, 수모였다.

"퉤엣! ×발! ×같네!"

조태식은 입안에 가득한 피거품을 뱉으며 욕지거리를 토해냈다.

걷어차인 머리가 얼얼했지만 몸을 일으킨 조태식은 흉흉한 눈빛으로 여성을 노려보았다.

"그렇게 노려보면 어쩔 건데?"

왜소한 체격에 프릴이 치렁치렁 달린 원피스를 입은 20대 초중반 정도로 보이는 여성이 어이없다는 투로 말했다.

발끈한 조태식이 버럭 소리치며 여성에게 달려들었다.

"쌍! 어디서 ×만 한 계집이 설치고 지랄이야!"

조태식은 조금의 망설임도 없이 여성을 향해 힘껏 움켜쥔 주먹을 날렸다.

여성은 눈 하나 깜짝하지 않고 팔짱을 낀 채, 조태식의 주먹을 그저 고개를 까딱하는 것으로 피했다.

"아무래도 좀 교육이 필요한 모양이네?"

여성은 입꼬리를 살짝 말아 올리며 힐끗 조태식과 눈을 마주했다.

순간 조태식은 본능적인 두려움을 느끼고 저도 모르게 어깨를 움츠렸다.

"이년이……!"

이내 조태식은 자신이 여성의 눈빛에 두려움을 느꼈다는 사실에 지독한 모멸감을 느끼고는 버럭 소리쳤다.

하지만.

조태식이 흘린 피로 바닥이 홍건했다. 드문드문 이빨로 보이는 허연 것도 보였다.

제 모습을 알아볼 수 없을 정도로 얼굴이 부어터진 조태식은 공손한 자세로 무릎을 꿇고 앉았다.

"무고 시은 게 뭐냐?"

앞니가 두어 개 부러진 터라 발음이 제대로 되지 않고 바람이 새는 소리가 나왔다. 순간 원피스 여성이 왈칵 인상을 구겼다.

"말이 짧다? 그리고 발음 똑바로 해라."

"무, 무고 시은 게 뭡니까?"

어깨를 움찔한 조태식은 최대한 발음이 새지 않도록 노력하며 공손히 말했다.

자신의 앞에 벌을 서듯 무릎을 꿇고 있는 조태식을 내려다보던 원피스 여성은 천천히 입을 열었다.

"설마하니 내가 묻는 말에 거짓말하지는 않겠지?"

"무, 물온! 아, 아니 물온입니다."

조태식은 연신 고개를 끄덕였다. 언제가 한 번 느껴 본 적이 있는 극한의 공포에 조태식은 저항할 생각은 눈곱만큼도 할 수 없었다.

원피스 여성은 한쪽 벽에 놓여 있는 책상에 다가가 무언가를 가져왔다.

누군가의 사진이 붙어 있는 서류철이었다. 여성은 조태식의 눈앞에 사진을 내밀며 물었다.

"이자, 어디서 본 적 있지?"

조태식은 잔뜩 부어서 제대로 뜰 수 없는 눈을 억지로 크게 뜬 채로 사진을 바라보았다. 이내 조태식의 눈이 더욱 크게 치켜떠졌다.

"이, 이자는……!"

단 한순간도 잊을 수 없는 자의 모습이었다.

범양파의 주 수익원이었던 헤로인 판매 루트를 단신으로

박살 낸 자, 조태식이 생전 처음으로 극한의 공포를 느끼게 만들었던 자.

바로 그자의 모습이 찍혀 있는 사진이었다. 조태식은 크게 눈을 뜬 채 연신 고개를 끄덕였다. 순간 원피스 여성의 얼굴이 날카롭게 빛났다.

"역시 알고 있었군. 언제 이자를 만났었지? 자세히 얘기 해봐."

"이, 이자를 저음 몬 건 얼마 전……."

조태식은 발음이 새지 않도록 부러진 앞니에 손가락 하나를 끼워 넣으며 천천히 이야기를 시작했다.

"린! 여기 와서 이 쓰레기 좀 치워 줘요."

메이린은 인상을 찌푸린 채 피 묻은 손을 닦아내며 낮게 소리쳤다.

밖에서 기다리고 있던 린이 막 안으로 들어오려다 멈칫했다. 피투성이가 된 채 쓰려져 있는 한 사내의 모습을 본 탓이었다.

린은 천천히 메이린에게 다가가며 물었다.

"죽이신 겁니까?"

"네. 무사히 돌려보냈다간 무슨 소문이 날지 모르는 일이 잖아요. 억지로 입을 막느니 그냥 없애 버리는 게 훨씬 쉬운

걸요. 안 그래요?"

린은 아무런 대답도 하지 않았다. 그저 가만히 사내의 시체를 내려다보았을 뿐이었다.

수건으로 피를 닦아내던 메이린은 문득 자신의 옷에 튄 핏자국을 발견하고는 앙칼지게 소리쳤다.

"이게 뭐야! 더러운 피가 튀었잖아! 망할! 내가 얼마나 아끼는 옷인데! 아으, 짜증나! 아무래도 샤워하고 갈아입어야겠어."

메이린은 피 묻은 수건을 거칠게 사내의 시체에 내던지며 성큼성큼 입구로 걸어갔다.

문을 벌컥 열어젖힌 메이린은 멈칫하며 린에게 고개를 돌렸다.

"아참, 린. 제가 샤워하고 올 동안 깨끗하게 치워놔요. 피 냄새도 나지 않게 향수도 좀 뿌려 두고요."

"예, 알겠습니다."

린이 대답하자마자 메이린은 곧장 밖으로 나갔다. 가만히 그 모습을 바라보던 린은 저도 모르게 나직이 한숨을 내쉬었다.

린은 휴대폰을 꺼내 내선 단축번호를 눌렀다. 누군가 전화를 받자 린은 조용히 입을 열었다.

"지금 바로 뒤처리 반 두 사람만 올려 보내 주세요."

샤워를 마치고 방으로 돌아온 메이린은 머리칼의 물기를 닦으며 천천히 자리에 앉았다.

조금 전까지 시체가 놓여 있던 곳이라고는 생각하지 못할 만큼 흔적은 전혀 남아 있지 않았다.

짙은 향수 냄새 사이로 희미하게 피 비린내가 나기는 하지만 참을 만한 수준이었다.

젖은 수건을 바닥에 던지고 자리에 앉은 메이린은 조금 전 조태식이 한 이야기를 떠올렸다.

"그래서 만물상을 알려줬다는 거네?"

"예. 그, 그렇습니다. 저도 웬만큼 싸움에는 자신이 있다고 생각했었는데 그자는 차원이 달랐습니다. 무서웠습니다. 사람이 아니라 무슨 괴물 같았습니다."

"그게 끝이야? 혹시 그 후에 다시 만난 적이 있다던가……."

"그날이 처, 처음이자 마지막이었습니다."

"그자에 대해 뭐 생각나는 건 없어?"

"그, 글쎄요……. 아참! 그러고 보니 그자의 몸에서 시큼한 냄새가 나는 것 같았습니다."

"시큼한 냄새?"

"예! 뭔가 익숙한 냄새였는데……. 아! 커피 냄새 같았습니다.

왜 그 있잖습니까, 원두커피. 딱 그 냄새였습니다."

"원두커피?"

거기까지 떠올린 메이린은 번개라도 맞은 듯 몸을 부르르
떨었다.

한 가지 생각이 머릿속을 빠르게 스쳐 간 탓이었다.

저도 모르게 벌떡 일어난 메이린은 급히 옆에 쌓아 둔 자료
중, 정찬혁에 대해 정리해 둔 것을 찾기 시작했다.

"여기서 본 것 같은데……."

두툼한 서류철 한 뭉치를 꺼내든 메이린은 빠른 속도로 자
료를 훑기 시작했다.

"이거다!"

자신이 원하던 것을 찾은 메이린은 저도 모르게 탄성을 내
질렀다.

자료 사이에서 사진 한 장을 꺼내든 메이린은 입꼬리를 말
아 올리며 나직이 중얼거렸다.

"지금도 설마 이 위장 신분을 쓰고 있을 줄이야. 하긴 등잔
밑이 어둡다는 말도 있으니. 크큭! 어디 숨어 있나 했는데 곧
만날 수 있겠네?"

메이린은 카드를 날리듯 사진을 획 던졌다. 빙글빙글 회전
하며 날아간 사진은 그대로 문틈에 끼었다.

"린! 최대한 빨리 해줘야 할 일이 있어요."

메이린의 부름에 밖에서 대기하고 있던 린은 곧장 문을 열고 안으로 들어왔다.

그 바람에 문틈에 끼여 있던 사진이 바닥에 떨어졌다.

린은 저도 모르게 사진을 집어 들었다.

베아투스라고 쓰여 있는 간판이 걸려 있는 카페를 찍은 사진이었다.

무표정한 얼굴로 다가간 린은 사진을 메이린에게 건넸다.

"무슨 일이십니까?"

메이린은 입꼬리를 살짝 말아 올리며 천천히 입을 열었다.

"우선은……."

*   *   *

흠칫!

갑작스러운 한기에 정찬혁은 저도 모르게 어깨를 움찔했다.

"왜 그래요?"

테이블을 정리하고 있던 신유진이 고개를 갸웃거렸다. 정찬혁은 아무 일도 아니라는 듯 무표정한 얼굴로 대답했다.

"글쎄. 아무것도 아니다."

"아무것도 아닌 게 아닌 것 같은데요?"

정찬혁의 무표정한 얼굴의 미묘한 변화를 감지한 신유진
이 다시 물었다.

하지만 정찬혁은 더 이상 아무런 대답도 하지 않았다.

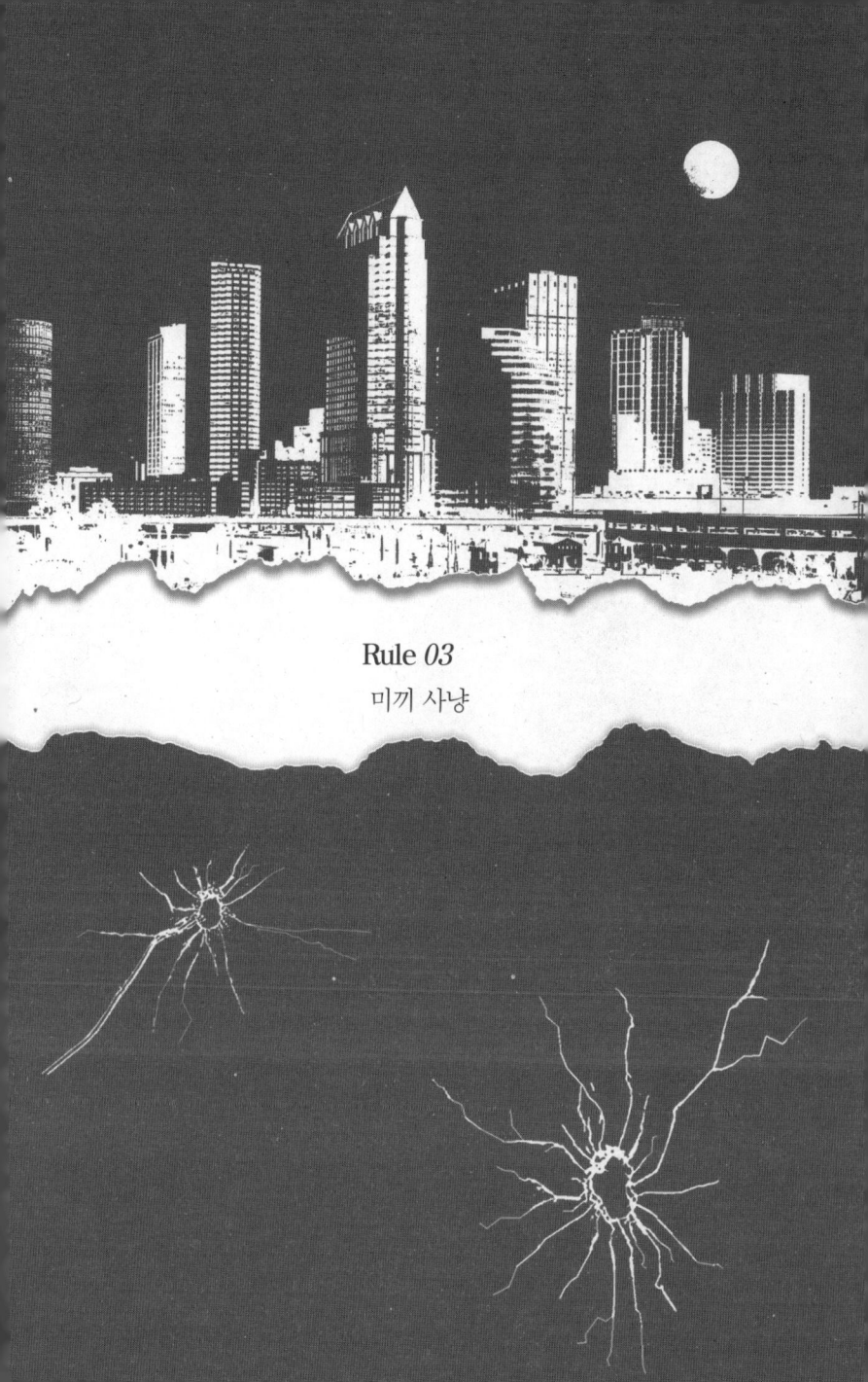

Rule *03*
미끼 사냥

"저 사람들… 지금 뭐하는 거죠?"

마침 다 떨어진 시럽을 사러 나갔다가 카페로 돌아오던 신유진은 바로 앞에서 공사를 하고 있는 사내들을 가리키며 질문을 던졌다.

정찬혁은 힐끗 밖을 내다보더니 이내 조용히 입을 열었다.

"보안용 CCTV를 설치하고 있는 거다."

"CCTV요? 갑자기 그건 왜?"

"글쎄? 구청에서 범죄 예방을 위해 시작한 일이라더군."

정찬혁의 대답에 신유진은 동의한다는 듯 가만히 고개를

끄덕였다.

"하긴. 이 근처가 좀 구석진 곳이라 그럴 위험이 다분히 있죠. 저도 마감하고 집에 갈 때 가끔씩 등줄기가 오싹할 때가 있었어요. 누가 쫓아오는 것 같은 기분도 들고. CCTV가 설치된다니 조금은 안심할 수 있겠네요."

"그렇군."

고개를 끄덕이긴 했지만 정찬혁의 무표정한 얼굴로 보아 별 관심이 없는 것 같았다.

신유진은 그럴 줄 알았다는 듯 피식 미소를 지으며 근처 마트에서 사온 시럽을 빈 유리병에 옮겨 담았다.

곧 휴식 시간이 끝날 즈음이라 서둘러야 했다. 시럽을 모두 옮겨 담은 신유진은 시럽 병을 가지런히 정리해 놓고는 몸을 일으켰다.

이제 카페를 다시 열어야 할 시간이었다. 신유진은 문 앞에 걸려 있는 휴식 중 팻말을 영업 중으로 바꿔 놓기 위해 밖으로 나갔다.

치칙―!

마침 전신주에서 불똥이 파팍, 하고 튀었다.

뜨겁지도 않고 금방 사그라지는 불똥이었지만 자신의 머리로 떨어지자 신유진은 저도 모르게 낮은 비명을 토해냈다.

"꺄앗!"

전신주에 매달려 CCTV에 연결할 전원을 따고 있던 사내가 힐끔 아래를 내려다보며 말했다.

"죄송합니다. 어디 다치시진 않으셨죠? 금방 끝내고 갈 테니 조금만 참아 주십쇼."

신유진은 살짝 그슬린 머리칼을 툭툭 털어내며 아무렇지도 않은 듯 빙그레 미소를 지었다.

"전 괜찮아요. 이렇게 추운 날씨에 수고가 많으시네요. 커피라도 한 잔 드릴까요?"

"아뇨. 괜찮습니다. 그럴 시간이 없어서요. 오늘 중으로 스무 곳에 CCTV를 설치해야 하거든요."

"어머! 바쁘신데 제가 방해한 것 같네요. 죄송해요."

"아닙니다. 오히려 저희가 장사를 방해한 거죠. 이제 거의 다 됐으니 조금만 더 방해하겠습니다."

"그럼 수고하세요."

신유진은 꾸벅 인사를 건네고는 카페 안으로 들어왔다.

금방 끝날 거라던 사내의 말과는 달리 30분이 넘도록 설치 작업은 끝나지 않고 있었다.

그 때문인지 손님도 없었다. 신유진은 턱을 괴고 앉아서 가만히 밖을 내다보았다.

뭔가 잘못 되기라도 한 듯 전신주에 매달려 있던 사내는 고개를 갸웃하며 내려왔다.

사내는 아래쪽에서 장비를 전해 주며 작업을 보조하던 사내와 무어라 대화를 나누며 장비를 매만졌다.

그 모습을 가만히 지켜보던 신유진이 벌떡 일어나며 입을 열었다.

"역시 커피나 한 잔 드려야겠어요. 추운 날씨에 저렇게 수고하시는데. 안 그래요, 찬혁 씨? 셈은 제가 치를 테니까 테이크아웃으로 아메리카노 두 잔만 만들어줘요."

"그러지."

어차피 손님도 없어서 무료하게 시간을 보내던 중이었다.

정찬혁은 기다렸다는 듯 빠른 손놀림으로 따듯한 아메리카노 두 잔을 만들었다.

신유진은 양손에 종이컵 하나씩 들고 밖으로 나갔다.

"그러니까 회선이 불량이라는 거야? 아니면 이게 불량이라는 거야?"

"테스터로 확인해 봐야겠지만 회선이 불량은 아닌 것 같습니다. 아무래도 장비가 애초에 고장 난 게 아닌가 싶은데."

"그러면 일단 다른 걸 가져올 테니 그걸로 다시 한 번 설치해 보자고."

"알겠습니다."

한 사내가 다른 곳으로 가려는 찰나, 신유진이 조심스레 끼어들었다.

"저기……. 날씨도 추운데 커피나 한 잔 하세요. 몸이 따듯해질 거예요."

"아, 감사합니다."

조금 전까지 전신주에 매달려 있던 사내가 한 걸음 나서며 종이컵을 받아들었다.

신유진은 커피를 나눠 마시는 두 사람을 바라보며 빙긋 미소를 지었다.

"그럼 수고하세요."

"예. 잘 마시겠습니다."

다시 카페로 돌아온 신유진은 자리에 앉아 가만히 밖을 내다보았다.

두 사내가 작업을 마무리한 것은 그로부터 30여 분이 더 지난 후의 일이었다.

"아메리카노 두 잔, 하나는 조금 연하게 해달라네요."

하나둘 오기 시작한 손님이 어느새 꽉 들어찼다.

신유진은 주문을 받아 정찬혁에게 전하고, 쟁반을 나르는 등, 바쁘게 움직이고 있었다.

정찬혁의 손길도 밀려드는 주문을 해결하느라 바쁘기는 마찬가지였다.

막 에스프레소 두 잔을 뽑아낸 정찬혁의 눈길이 문득 카페

밖에 설치된 CCTV로 향했다.

CCTV는 천천히 좌우로 움직이기는 했지만 거의 대부분 카페 안을 비추고 있었다.

왠지 모르게 누군가 자신을 엿보고 있는 것 같은 기분이 들었다.

정찬혁은 가만히 고개를 내저으며 주문 받은 커피를 만들어내기 시작했다.

*　　*　　*

방 안에 작은 모니터들이 가득했다. 아직까지 연결이 되지 않은 것인지 화면은 대부분 치직거리고 있었다.

메이린은 짜증난다는 듯 인상을 찌푸리며 옆에 있는 린에게 물었다.

"아직 작업이 다 끝나지 않은 건가요?"

"조금만 더 기다리시면 될 겁니다. 이제 설치는 거의 끝났을 겁니다."

벽에 걸린 시계로 시간을 확인한 린이 대답했다.

5분 정도 지나자 치직거리던 모니터가 하나둘 어딘가의 거리를 비추기 시작했다.

메이린은 화면이 켜지는 순서대로 시선을 돌렸다.

정가운데에 위치한 모니터에 화면이 들어오자 메이린이 저도 모르게 입꼬리를 말아 올렸다.

메이린의 시선은 한가운데에 있는 모니터에 고정되었다.

드문드문 사람이 오가는 길목에 난 카페를 비추고 있는 모니터였다.

맨 처음 눈에 띈 것은 사진으로만 봤던 카페의 간판이었다.

작은 화면이었지만 화질은 꽤나 선명한 터라 카페 안에 있는 사람의 숫자나 대강의 생김새도 확인할 수 있었다.

"아핫! 역시 여기 있었구나! 이거 맞죠, 린?"

화면을 뚫어져라 쳐다보던 메이린은 카페 안에 있는 사람 중 하나를 가리키며 탄성을 토했다.

린의 시선이 메이린이 가리킨 화면으로 향했다. 카페 안을 비추고 있는 화면의 한쪽 옆에서 묵묵히 무언가를 하고 있는 사내의 모습이 눈에 들어왔다.

이미 오래 전에 죽었다고 생각했던 사내, 정찬혁이었다.

린의 눈이 화등잔만 하게 커졌다.

메이린의 확신에 찬 주장도, 확실한 대답을 하지 않던 첸의 모호한 태도에도 린은 정찬혁의 생존 가능성을 완전히 믿고 있지는 않았다.

하지만 이렇게 자신의 눈으로 직접 본 것을 믿지 않을 수는 없는 일이었다.

"맞습… 니다. 정찬혁, 그가 틀림없군요."

메이린의 질문에 미세하게 떨리는 음성으로 대답하는 린의 머릿속에는 3년여 전의 일이 선명하게 떠오르기 시작했다.

분명히 되살릴 수 없을 정도로 심각한 부상을 입었던 정찬혁이었다.

숨을 완전히 끊어놓지 않았을 뿐, 그대로 내버려 둬도 얼마 버티지 못하고 죽을 목숨이었다. 정찬혁이 죽을 거라는 것을 조금도 의심하지 않았다.

그런데 살아 있었다.

화면에 비친 사내는 자신이 알고 있던 정찬혁과 다르지 않은 모습이었다.

어떻게 그런 상태에서 살아난 것일까. 알 수 없는 일이었다. 분명한 것은 정찬혁이 죽지 않고 멀쩡히 살아 있다는 것이었다.

'정말로… 살아 있었군요, 정 팀장님.'

린의 눈가에 눈물이 살짝 맺혔다.

자신이 죽이려 했던 정찬혁이 살아 있다는 것에 왜 이렇게 감정이 동요하는지 스스로도 도무지 알 수 없었다.

뚫어져라 화면 안의 정찬혁을 바라보는 린의 귓가에 메이린의 음성이 날아들었다.

"목표를 찾았으니 연변거지들은 당장 제자리로 돌아가게 철수시켜요. 아직 유예 기간이 다 지나진 않았죠?"

"예, 알겠습니다."

흔들리는 감정을 다잡으려 애썼지만 파르르 떨리는 목소리를 완전히 숨길 수는 없었다.

린은 그대로 휙 돌아서서 천천히 밖으로 걸음을 옮기기 시작했다.

눈물 한 방울이 린의 볼을 타고 흘러내려 바닥에 떨어졌다.

"아참! 나중에 또 필요하게 될지 모르니까 임시 연락망을 구축해 두세요. 제가 명령하면 늦어도 두 시간 내로 도착할 수 있도록요."

＊　　　＊　　　＊

"예? 유예기간 중에 모두 돌아왔다고요?"

한윤철은 전혀 예상치 못한 상황에 화들짝 놀라 저도 모르게 벌떡 일어났다.

광수대 수사관들의 시선이 동시에 한윤철에게로 향했다.

눈을 부라리며 인상을 쓰는 수사관들의 시선에 한윤철은 고개를 멋쩍은 듯 뒷머리를 긁적이며 다시 자리에 앉았다.

이내 수사관들은 무어라 구시렁대며 한윤철에게서 시선을

돌렸다. 나직이 안도의 한숨을 내쉬며 한윤철은 목소리를 낮췄다.

"어젯밤에요? 예, 알겠습니다. 제가 그리로 갈 테니 자세한 건 그때 듣겠습니다."

전화를 끊은 한윤철은 거푸 한숨을 내쉬었다. 옆 자리에 앉아 있는 송지훈이 조심스레 말을 걸었다.

"왜 그러십니까, 한 검사님. 무슨 일 있습니까?"

"하아. 사라졌던 조선족들이 모두 돌아왔다는군요."

"예? 그러면……."

"일단 자세한 얘기를 들어봐야 할 것 같군요. 돌아온 조선족들도 좀 조사해 봐야 할 것 같고요. 오늘은 수사회의가 없는 날이니 다행이로군요. 그럼 전 다녀오겠습니다. 송 수사관님은 하시던 일, 계속해 주세요. 혹시나 뭔가 찾으면 바로 연락 주시고요."

한윤철은 다른 수사관들의 시선을 끌지 않게 조용히 일어나 점퍼를 걸쳤다.

힐끗 수사관들의 눈치를 보던 한윤철은 조심스레 수사본부를 벗어났다.

"젠장! 대체 어떻게 된 일이야?"

한윤철은 짜증을 참을 수 없었다. 행방불명된 조선족들을 이용해 팩토리 잡에 압박을 넣고, 구룡회의 자취를 쫓으려던 계획이 엉망진창이 되어버렸다.

어젯밤에 갑자기 기숙사로 돌아왔다는 조선족 몇몇을 만나 보았지만, 어떤 질문을 해도 제대로 된 대답을 하지 않았다.

연쇄살인 사건과의 관련성도 확실하지 않은 마당에 임의동행을 할 수도 없었다.

조선족들이 무성의한 대답만 늘어놓은 것은 어찌 보면 당연한 일이었다.

자치기관도 유예기간 내에 돌아왔으니 별문제 없다는 식이었다.

공장주도 팩토리 잡에서 무언가 수를 쓴 것인지, 보상 운운하던 지난번과는 태도가 달라져 있었다. 무사히 돌아왔으니 더 이상은 문제 삼지 않겠다는 투였다.

한윤철이 연신 욕지거리를 토해낼 법도 했다.

남동공단의 반응으로 보아 천안이나 안산도 엇비슷한 반응일 것이다.

하지만 그래도 혹시나 싶어 한윤철은 안산으로 향하고 있었다.

제2경인고속도로를 타고 막 남동IC를 통과할 무렵이었다.

옆 좌석에 던져 놓은 휴대폰이 부르르 몸을 떨었다.

한윤철은 품속에서 블루투스 이어폰을 꺼내 귀에 꼈다. 통화버튼을 누르자 곧장 익숙한 음성이 흘러들었다.

—한 검사님? 지금 어디십니까?

"안산으로 가고 있습니다. 막 남동IC를 지났어요. 무슨 일입니까?"

—확실한 건 아니지만⋯ 연쇄살인 사건과 관계있을지도 모르는 걸 발견한 것 같은데요. 이걸 어찌해야 할지⋯⋯.

송지훈은 망설이듯 말꼬리를 흐렸다.

그저 자리만 차지하고 있는 꿔다 놓은 보릿자루 같은 신세였으니 송지훈이 다른 수사관에게 말을 걸지 못하고 난감해하는 것 같았다.

잠시 생각하던 한윤철은 이내 입을 열었다.

"지금 당장 수사본부로 돌아가겠습니다. 수사본부에 알릴지 말지는 그때 정하도록 하죠."

—예, 알겠습니다 검사님. 그럼 돌아오실 때까지 자료 정리해 놓고 있겠습니다.

"늦어도 두 시간 정도면 도착할 겁니다. 차가 막히면 좀 더 걸릴지도 모르지만."

—돌아오실 때까지 기다리겠습니다.

"네. 최대한 빨리 가도록 할게요."

전화를 끊은 한윤철은 서창 분기점에서 서울 방향으로 차를 돌렸다.

송지훈이 어떤 것을 발견했는지 모르겠지만 부디 구룡회와 관련이 있기를 바라며 한윤철은 핸들을 꽉 움켜쥐었다.

한윤철이 수사본부에 도착한 것은 해가 뉘엿뉘엿 질 무렵이었다.

생각보다 차가 많이 막혀 예상했던 시간보다 두어 시간이나 늦었다. 급히 차에서 내린 한윤철은 수사본부를 향해 달려 들어갔다.

문을 벌컥 열자 한순간 수사관들의 시선이 한윤철에게로 향했다.

한윤철은 아랑곳하지 않고 송지훈에게 다가갔다.

"발견했다는 게 뭡니까, 송 수사관님?"

눈살을 찌푸리고 있던 수사관들은 이내 다른 곳으로 시선을 돌렸다.

갑작스레 달려든 한윤철과 수사관들을 번갈아 바라보며 눈치를 살피던 송지훈은 조용한 음성으로 천천히 입을 열었다.

"그게 말입니다……. 사라졌다가 다시 돌아온 연변 조선족들의 리스트를 확인히던 중에 우연이라고 하기에는 너무 절묘한 사실을 하나 발견했습니다."

"계속 말씀하세요."

송지훈은 마우스를 클릭해 모니터에 자료 화면을 띄웠다. 지금까지 연쇄살인이 벌어진 지역을 표시한 지도였다.

"한 검사님도 잘 아시겠지만 이번 연쇄살인 사건은 거의 대부분이 외국인 노동자가 많이 있는 서울경기 인근에서 벌어졌습니다. 처음 사건이 발생한 것은 6개월 전, 천안에서였습니다. 혹시나 해서 6개월 전에 등록된 외국인 노동자, 특히 연변 조선족 위주로 조사를 해봤습니다. 이번에 행방불명되었다가 돌아온 자들 중, 당시 현장 부근의 공단에서 근무하던 자들이 몇몇 있었습니다."

"그래서요?"

흥미가 느껴지기 시작했다. 한윤철은 저도 모르게 송지훈에게 바짝 다가갔다.

송지훈은 다시 마우스를 클릭해 페이지를 넘기며 말을 이었다.

"지금까지 동일범에 의한 연쇄살인으로 간주된 사건은 모두 7건입니다. 각각 천안과 인천, 그리고 안산 지역에서 벌어진 것이죠. 이상한 것은 제가 좀 전에 말한 몇몇 연변 조선족이 사건 당시에 현장 부근의 공단에 다니고 있었습니다. 잘 아시겠지만 웬만한 일이 아니고서는 외국인 노동자들은 그렇게 자주 일터를 옮기지 못하지 않습니까? 그런데 이자들은

6개월 동안 다섯 번이나 공장을 옮겨 다녔습니다. 그것도 항상 사건이 벌어지기 몇 주 전에 말입니다."

"사건이 벌어지기 전에 현장 부근의 공장에 들어왔다가, 사건 후에는 다른 공장으로 옮겨갔다는 말입니까?"

"네. 이상하지 않습니까?"

당연히 누가 봐도 이상한 일이었다. 한두 번이야 우연이라고 하겠지만 매번 그런 일이 벌어졌다면 사건과 깊은 관계가 있다고 생각하는 편이 옳을 것이다.

"그냥 우연이라고 생각하기에는 수상쩍은 정황이로군요. 그렇게 공장을 옮겨 다닌 조선족들의 신원은요?"

"여기 있습니다. 모두 다섯 명이고요. 다들 작년 초에 팩토리 잡을 통해 우리나라에 입국했습니다. 나이순으로 정리하면 조영산 46세, 마철호 43세, 박광석 39세, 김요관 33세, 양하인 27세. 다섯 명 모두 연변조선족 자치구 출신입니다."

송지훈은 다섯 사내의 흑백사진을 화면에 띄웠다. 컬러 사진이 아니라 흐릿했지만 어느 정도 생김새는 알아볼 수 있는 수준이었다.

모니터를 뚫어져라 쳐다보던 한윤철이 조용히 입을 열었다.

"이거 지금 프린트해 줄 수 있죠? 저희끼리만 알고 넘기기에는 너무 중요한 사안인 것 같습니다. 사건 해결에 중요한 열쇠가 될지도 몰라요."

송지훈도 그렇게 생각하고 있었다. 하지만 텃세를 심하게 부리는 광수대 수사관들도 그렇게 생각해 줄지는 의문이었다.

한윤철도, 송지훈도 수사회의에는 꼬박꼬박 참석하고 있기는 했지만 그저 자리만 차지하고 있었다.

질문을 하거나, 무언가 의견을 말해 보아도 수사관들은 없는 사람 취급하며 무시할 뿐이었다.

때문에 송지훈은 사건 해결로 이어질지도 모르는 중요한 단서를 섣불리 보고하지 못하고 한윤철을 불러들인 것이었다.

송지훈은 인쇄 버튼을 클릭하며 조심스레 말했다.

"수사관들이 무시하지는 않을까요? 지금까지 계속 저희를 없는 사람 취급하지 않았습니까."

"아뇨. 이 정도로 중요한 단서를 그냥 넘길 리 없어요. 아무리 그래도 사건을 해결하고 싶어 하는 건 경찰도 마찬가지일 테니까요."

"그렇긴 하겠군요."

송지훈은 가만히 고개를 끄덕였다.

끼긱, 하는 프린터의 소음이 귓가를 날카롭게 찔러오기 시작했다.

이준형 반장은 꽤나 신경이 곤두서 있는 상태였다.

안 그래도 사건 수사가 지지부진한 데다 얼마 전에는 대검에서 낙하산까지 내려 보냈으니 짜증이 나지 않을 수 없는 상황이었다.

그나마 낙하산 검사에게 철저히 경고를 해두었으니 망정이지 안 그랬다면 일찌감치 신경성 위궤양으로 쓰러져 병원에 입원했을지도 모르는 일이었다.

수사회의도 없는 날이라 조금 일찍 퇴근을 할까 하던 이준형 반장은 갑작스레 수사본부로 달려들어 온 낙하산, 한윤철 검사의 모습에 저도 모르게 왈칵 인상을 찌푸렸다.

짧은 순간 눈이 마주쳤지만 한윤철은 아랑곳하지 않고 함께 파견된 송지훈 수사관에게 다가갔다.

"망할……. 좀 조용히 다니라니까."

나직이 구시렁대며 이준형 반장은 자리에 앉았다. 속이 찌르르 아파오는 것이 신경성 위궤양이 도진 모양이었다.

이준형 반장은 서랍에서 약을 꺼내 물도 없이 그대로 씹어 삼켰다. 씁쓸한 맛이 입안에 가득했다.

약을 먹은 덕분일까. 조금씩 통증이 가라앉기 시작했다.

이준형 반장은 손으로 배를 어루만지며 나직이 한숨을 내쉬었다.

그때였다. 듣기 싫은 음성이 귓가로 날아든 것은.

"이 반장님. 저 좀 보시죠."

고개를 들자 언제 다가 온 것인지 한윤철이 씨익 미소를 지으며 자신을 바라보고 있었다.

저도 모르게 미간을 찌푸리며 이준형 반장은 내키지 않는다는 듯 퉁명스레 대꾸했다.

"뭡니까?"

"사건 해결로 이어질지도 모르는 중요한 단서가 있습니다."

"중요한 단서? 또 지난번처럼 되지도 않는 걸 가지고 그러는 거 아닙니까?"

이준형 반장은 의심 가득한 얼굴이었다. 하지만 한윤철은 아랑곳하지 않고 인쇄해 온 자료를 건넸다.

"지난번과는 다를 겁니다. 직접 보시고 판단하시죠."

짐짓 굳은 표정을 짓는 한윤철의 모습에 이준형 반장은 저도 모르게 자료를 받아들었다.

혹시나 싶은 생각이 문득 든 탓이었다. 이준형 반장은 자료를 천천히 훑어보기 시작했다.

처음에는 그저 건성으로 자료를 넘겨보던 이준형 반장의 얼굴이 서서히 놀람으로 물들었다. 자료를 넘기는 이준형 반장의 손길이 빨라졌다.

"이게 대체……?"

자료를 모두 읽은 이준형 반장은 놀람을 감추지 못한 채 한윤철에게 질문을 던졌다.

한윤철은 가만히 고개를 끄덕이며 입을 열었다.

"다 송 수사관님의 해킹 덕분이죠. 어때요? 그 정도면 사건 해결에 큰 단서가 되지 않겠습니까?"

이준형 반장은 대답하지 않고 휙, 고개를 돌리며 근처에 있는 수사관을 불렀다.

"이봐, 박 형사! 지난번에 현장에서 회수한 CCTV 영상 있지? 그거 좀 지금 가져와 봐."

"예! 알겠습니다, 반장님!"

대답과 함께 수사관이 후다닥 어딘가로 달려갔다. 이준형 반장은 다시 한윤철에게로 고개를 돌렸다.

한윤철은 놀란 표정이었다. 현장에서 회수한 CCTV 영상이 있다는 것은 금시초문이었다.

"CCTV 영상이라뇨? 그게 뭡니까, 반장님?"

한윤철의 질문에 이준형 반장은 난감한 얼굴로 뒷머리를 긁적였다. 이내 면목 없다는 듯 천천히 입을 열었다.

"어, 그게 말입니다… 지, 지난번에 수사회의에 한 번 못 오신 적이 있지 않습니까? 그때 증거 자료로 회수한 겁니다. 바로 영상분석실에 맡겨 둔 터라 얘기할 틈이 없었군요."

말도 안 되는 변명이었다.

중요한 증거인 CCTV 영상이 있다는 것을 알리지 않은 것은 한윤철을 따돌리고 자신들끼리만 수사를 하려던 것이었으니.

"괜찮습니다. 지금이라도 알려주셨으니까요. 사건을 해결할 수 있다면 저는 그것만으로도 충분히 만족합니다. 앞으로 함께 힘을 합쳐 수사합시다, 반장님."

이준형 반장을 비롯한 광수대 수사관들의 그동안의 태도에 적잖이 실망한 한윤철이었지만 애써 티를 내지는 않았다.

하지만 힘을 합치자는 말에는 의도적으로 강하게 힘을 실었다.

이준형 반장은 고개를 끄덕였다. 사건 해결을 갈망하는 한윤철의 순수한 의도를 느낀 탓이었다.

"알겠습니다. 앞으로는 숨기는 것 없이 수사하도록 하겠습니다."

그러는 사이에 영상분석실로 달려간 박 형사가 비디오테이프 하나를 가지고 왔다.

"반장님! 여기 가져왔습니다. 영상분석실에서 그러는데 화질이 워낙에 흐릿해서 아무리 보정을 해도 얼굴을 알아보기는 힘들 것 같다고 하더군요."

"그래? 그건 좀 아쉽군. 그래도 아예 없는 것보단 나으니 저쪽에서 한번 보시겠습니까, 한 검사님?"

"예, 부탁드립니다."

비디오테이프를 받아든 이준형 반장은 한윤철과 함께 수사본부 한쪽 구석에 있는 회의실로 들어갔다.

이준형 반장은 회의실 앞에 놓여 있는 비디오 플레이어에 테이프를 넣고 재생 버튼을 눌렀다.

한쪽 벽을 덮고 있는 커다란 스크린에 해상도가 낮은 CCTV 영상이 재생되기 시작했다.

드문드문 가로등이 길을 밝히고 있는 주택가의 모습이었다.

한 여성이 길을 걷고 있었다. 그리고 10여 미터 뒤에서 두 사내가 여성의 뒤를 쫓고 있었다.

이상한 기색을 느낀 것인지 여성이 고개를 갸웃하며 걸음을 멈추자 사내들도 걸음을 멈추고 길가에 주차된 승용차 뒤에 몸을 숨겼다.

걸음을 멈추고 뒤를 돌아보던 여성이 다시 걸음을 옮기기 시작했다. 두 사내도 여성의 뒤를 쫓았다.

몇 번이나 여성이 걸음을 멈추고 뒤를 돌아볼 때마다 두 사내는 급히 몸을 숨겼다.

그리고 얼마 지나지 않아 두 사내가 빠른 속도로 여성과의 거리를 좁혔다.

그때, 두 사내 말고도 행동이 수상쩍은 사내 하나가 뒤에서 모습을 드러냈다.

마치 누가 오지 않나 망을 보는 듯 나타난 사내는 주위를 두리번거리고 있었다.

달려든 사내 하나가 여성을 덮쳤다. 여성은 거세게 저항하며 사내의 손길을 뿌리치고 내달렸다. 동시에 사내들이 달아나는 여성을 향해 달려들었다.

얼마 달아나지 못하고 여성은 사내들의 손에 붙잡혔다. 사내들은 그 순간을 기다렸다는 듯, 다가온 승합차에 여성을 태우고는 그대로 어디론가 사라졌다.

영상 재생이 끝나고 치칙, 하는 소리가 들려왔다. 한윤철은 놀란 눈으로 뚫어져라 스크린을 쳐다보았다.

"이, 이걸 어디서 구하신 겁니까?"

"지난번 사건 피해자의 주소지 근처에 있는 CCTV 영상입니다. 혹시나 해서 찾아봤는데 역시나더군요."

한윤철의 질문에 이준형 반장은 비디오테이프를 꺼내며 대답했다.

송지훈이 알아낸 수상쩍은 연변 조선족 다섯 사람의 모습이 CCTV 영상에서 나타난 용의자들의 모습과 머릿속에서 겹쳐졌다.

피해자 여성을 납치하기 위해 미행하던 세 사람, 그리고 승합차를 운전하는 자까지 포함하면 범인은 최소한 네 사람 이상이었다.

송지훈이 알아낸 수상쩍은 연변 조선족은 모두 다섯. 하나가 많기는 했지만, 적다면 모를까 범인이라고 의심하지 않을 수 없는 조건이었다.

CCTV 영상이 조금만 더 선명했더라면 어느 정도 범인의 인상착의를 알아볼 수 있었을 텐데, 그것이 아쉽기만 할 뿐이었다.

어쨌든 유력한 용의자를 찾아낸 것이나 마찬가지였으니 범인 체포는 시간문제였다.

한윤철은 저도 모르게 이준형 반장과 눈이 마주쳤다. 무슨 생각을 하고 있는지 알겠다는 듯 이준형 반장은 가만히 고개를 끄덕였다. 이내 이준형 반장은 회의실 밖으로 나가 소리쳤다.

"박 형사! 지금 당장 수사본부 전 수사관들에게 복귀하라고 연락해! 중요한 수사회의가 있다고 말이야! 무슨 사정이 있건 간에 무조건 다 불러들이라고. 수사회의에 참석하지 않으면 인사고과에 영향이 있을 거라고 말하면 다들 부리나케 달려올 거야!"

"예! 알겠습니다, 반장님!"

커다란 대답과 함께 회의실 밖에 있는 수사관들이 분주히 뛰어다니는 인기척이 사방에서 느껴졌다.

이준형 반장은 씨익 웃으며 한윤철에게 다가가 악수를 청했다.

"지금까지의 무례를 용서하십시오. 사건 해결까지 잘 부탁드립니다, 한윤철 검사님."

"저야말로 잘 부탁드리겠습니다."

한윤철은 빙그레 미소를 지으며 이준형 반장의 손을 힘껏 움켜쥐었다.

사건 해결을 위해 처음으로 두 사람이 마음을 함께한 순간이었다.

*　　　*　　　*

"아참! 그리고 보니 요 며칠 전부터 그 뭐더라… 아, 연변거지! 그 사람들이 안 보이더라고요. 어디 다른 곳으로 간 건가?"

휴식 시간 중이라 자리에 앉아 커피를 마시고 있던 신유진이 문득 생각난 사실을 이야기했다.

정찬혁은 별 관심 없다는 투로 무심히 말했다.

"그런가."

"그리고 보니 전에 그 사람들이 찬혁 씨를 찾고 있는 건지도 모른다고 하지 않았던가요?"

"그랬었지."

"그런데 왜 갑자기 사라져 버린 걸까요? 베아투스 근처에
서는 연변거지들을 본 적이 없는 것 같은데."

"글쎄. 아무리 찾아봐도 보이지 않으니 포기한 게 아닐
까."

"으음. 어쩌면 그럴지도 모르겠네요. 가끔 원두 가게에 가
는 것 빼고는 찬혁 씨는 거의 밖을 다니지 않으니까요. 아니
면 설마……?"

신유진은 말꼬리를 흐리며 의심 가득한 얼굴로 정찬혁을
물끄러미 바라보았다.

혹시나 자신이 없을 때에 정찬혁이 몰래 움직인 것은 아닐
까 하는 생각이 문득 든 탓이었다.

하지만 정찬혁은 별다른 반응을 보이지 않았다. 정찬혁에
게 가까이 다가간 신유진이 물었다.

"설마 찬혁 씨가 나서서 무슨 일을 한 건 아니겠죠?"

"글쎄……."

"아앗! 역시 그랬군요! 지난번에 한 약속을 잊은 거예요?
절대 먼저 나서지 않겠다면서요!"

신유신은 코가 맞닿을 정도로 정찬혁에게 바짝 얼굴을 들
이밀며 따지듯 소리쳤다.

정찬혁은 눈 하나 깜짝하지 않고 천천히 입을 열었다.

"내가 먼저 나선 게 아니다. 그자들이 날 찾아온 것일 뿐."

"그래서요? 어떻게 한 거예요?"

"너무 걱정 마라. 당분간은 조용할 테니."

정찬혁의 말에 신유진은 한쪽 눈썹을 치켜뜨며 소리쳤다.

"대체 무슨 일을 한 거예요?"

정찬혁은 묵묵히 머그컵을 씻어내며 천천히 입을 열었다.

"내가 조만간에 찾아 갈 테니 철저히 준비해야 할 거라고 말해뒀다. 빠르면 오늘이나, 늦어도 내일쯤 놈들에게 알려지 겠군."

"뭐라고요! 그게 무슨 말이에요? 직접 찾아가겠다니요!"

정찬혁의 눈썹이 꿈틀했다.

신유진은 저도 모르게 어깨를 움찔하며 입을 다물었다. 한 없이 차가운 정찬혁의 눈빛을 본 탓이었다.

정찬혁은 가만히 신유진을 바라보며 말했다.

"그러면 나보고 어쩌라는 거지?"

"그건……."

"조금이라도 시간을 벌기 위해 어쩔 수 없는 일이었다. 놈 들의 눈을 피해 계속 숨어만 있을 수는 없는 노릇이니."

"그렇긴 하지만……. 그러면 이제 어쩌려고요? 정말 구룡 회에 찾아갈 생각인가요?"

신유진은 나직이 한숨을 내쉬며 물었다. 될 수 있으면 구룡회와 관련되지 않기를 바랐지만 이제는 어쩔 수 없는 일이었다.

  정찬혁은 가만히 고개를 끄덕였다.

  "명륜실업에서의 일로 이미 예견된 상황이었다. 나로서도 어쩔 수 없는 일이지."

  "그러면 언제……?"

  "글쎄……."

  정찬혁은 고개를 내저으며 말꼬리를 흐렸다. 하지만 시간적 여유가 그리 많지 않을 거라는 것쯤은 충분히 알 수 있었다.

  신유진은 나직이 한숨을 내쉬며 천천히 밖을 내다보았다. 때마침 카페 안을 비추고 있는 CCTV가 눈에 들어왔다.

  지이잉─

  *   *   *

  "지금 저 화면 좀 확대해 줄래요?"

  메이린은 카페를 비추고 있는 화면을 가리켰다.

  린이 리모컨을 조작하사 30개의 모니터가 한 화면을 크게 비췄다.

나직이 한숨을 내쉬며 카페 밖을 내다보는 한 여성의 모습이 화면을 가득 채웠다.

　"저 여자, 정찬혁과 어떤 관계인지 상세히 조사해 봐요. 이용가치가 있을지도 모르니까."

　"알겠습니다. 그런데… 계속 이렇게 지켜보고만 계실 겁니까?"

　린의 질문에 메이린은 입꼬리를 살짝 말아 올리며 고개를 끄덕였다.

　"당분간은 그럴 셈이에요. 아무리 배신했다지만 정찬혁도 암룡의 일원이었어요. 섣불리 덤벼들 수는 없는 일이죠. 이렇게 지켜보는 동안 놈의 약점을 찾아낼 수도 있는 일이잖아요. 안 그래요, 린?"

　"그렇군요."

　"그렇죠?"

　전에 없이 해맑은 미소를 짓는 메이린의 모습이 이상하리만치 섬뜩하게 느껴졌다.

　린은 저도 모르게 어깨를 움찔하며 천천히 돌아섰다. 린이 밖으로 나가는 동안에도 메이린의 시선은 오직 화면을 향해 있었다.

　조용히 문을 열고 밖으로 나서려던 린의 귓가에 갑자기 메이린의 음성이 날아들었다.

"아참! 그런데 한 가지 궁금한 게 있어요, 린."

"말씀하십시오."

린은 문고리에 손을 얹은 채 천천히 고개를 돌렸다. 메이린은 장난기 어린 미소를 띤 채 린을 바라보았다.

"정찬혁에 대해서 어떻게 생각해요, 린은?"

예상치 못한 질문에 린은 망치로 머리를 한 대 맞은 것 같은 기분이 들었다. 하지만 이내 태연함을 가장하며 천천히 입을 열었다.

"구룡회의 배신자. 그 이상도, 이하도 아닙니다."

"그건 공식적인 입장이고요. 린의 개인적인 생각을 듣고 싶은 거예요. 혹시 그 사람… 좋아했던 거예요?"

메이린의 음성은 날카로운 비수처럼 날아와 린의 가슴을 찔러왔다. 린은 순간적으로 말문이 탁 막혔다.

'그랬던가? 내가 그를……'

그제야 린은 정찬혁의 생존을 알게 된 후에 느껴진 격앙된 감정의 정체를 깨달을 수 있었다.

하지만 린에게는 그럴 자격이 없었다. 정찬혁을 자신의 손으로 죽이려 했던 자신이 아니던가.

린은 애써 감정의 동요를 지우고 무표정한 얼굴로 천천히 입을 열었다.

"무슨 말씀이십니까? 그자는 반드시 죽여야 할 배신자일 뿐입니다."

린의 대답에 메이린은 입꼬리를 말아 올리며 가만히 고개를 끄덕였다.

"역시 그렇죠? 제가 뭘 좀 착각했나 봐요. 미안해요, 린."

"아닙니다. 그럼 전 이만."

메이린에게 꾸벅 인사를 하고는 린은 조심스레 밖으로 나갔다.

자신을 향한 메이린의 시선이 등 뒤에서 계속 느껴졌다.

문을 닫은 린은 천천히 어딘가로 걸음을 옮기기 시작했다. 언제부터 시작된 것인지, 린의 눈가에는 눈물이 쉬지 않고 흘러내리고 있었다.

신유진. 29세 미혼.

충남 서산초등학교 졸업.

충남 서산여자중학교 졸업.

서산여고 재학 중 양친이 사고로 사망해 서울의 친척에게 맡겨짐. 서울 무학여고 졸업.

숙명여대 영문과를 졸업 후 프리랜서 소설 번역가로 활동함. 총 17종의 소설을 번역함.

정찬혁과는 손님과 카페 마스터의 관계로 처음 만나게 됨.

본래 카페 베아투스는 정찬혁이 아닌 신유진의 이름으로 영업

신고가 변경되어 있음.

　정찬혁과의 관계는 단순히 사장과 직원을 넘는 것으로 추측됨.

　현재 거주지는 카페에서 도보로 5분 정도 떨어진 거리의 원룸에서 혼자 살고 있음.

　그 외 특이점은…….

　"흐음. 눈에 확 띄는 점은 없어 보이네요. 그래도 약점으로 쓸 수는 있을 것 같은걸요?"

　신유진의 신상정보를 기록한 서류철을 내려놓으며 메이린은 피식 미소를 지었다.

　린은 무표정한 얼굴로 가만히 고개를 끄덕였다. 정찬혁에 대한 자신의 감정을 할 게 된 후, 린은 마음의 문을 걸어 잠갔다.

　그것이 구룡회를 떠나서는 살아갈 수 없는 린이 할 수 있는 최선의 선택이었다.

　린의 마음의 변화를 마치 알고 있기라도 한 듯 메이린은 의미심장한 미소를 지었다. 메이린이 조용히 말을 이었다.

　"언제 쓸지 모르는 약점이니 미리 사람을 붙여 두세요. 너무 가까이 접근하면 정찬혁이 눈치챌 가능성이 높으니까, 될 수 있으면 이쪽과는 거리가 먼 자를 감시역으로 쓰는 게 좋을 거예요."

"알겠습니다. 적당한 인물을 물색해 놓겠습니다."

린이 막 대답을 마쳤을 때였다. 갑자기 품속의 휴대폰이 부르르 떨며 낮은 진동음을 토해냈다.

"죄송합니다. 전원을 꺼놓는다는 걸 깜빡했었군요."

"아니, 괜찮으니 그냥 받아요."

급히 휴대폰을 꺼내 전원을 끄려던 린은 메이린의 말에 조용히 돌아서서 전화를 받았다.

"린입니다. 갑자기 무슨 일이죠?"

린은 전화 상대의 말을 가만히 들었다. 이내 린의 얼굴이 살짝 찌푸려졌다.

린은 저도 모르게 상대를 타박하듯 낮게 소리쳤다.

"왜 그걸 지금 보고하는 겁니까? 변동사항이 있으면 곧바로 보고하라고 하지 않았습니까? 알겠습니다. 책임 문제는 나중에 묻도록 하겠습니다. 그럼 이만."

전화를 끊은 린은 길게 한숨을 내쉬었다. 메이린의 질문이 조용히 귓가로 날아들었다.

"무슨 일인데 그래요, 린?"

린은 천천히 돌아서서 면목 없다는 얼굴로 메이린을 바라보았다. 이내 린의 입술이 벌어졌다.

"일전에 소집했던 연변거지 중 하나가 철수하기 하루 전에 정찬혁, 그자를 만났었다고 합니다."

"네? 그게 사실인가요?"

"예, 그렇습니다."

"그런데 왜 그걸 지금 보고하는 거죠?"

순간 메이린의 눈빛이 섬뜩하리만치 날카롭게 번뜩였다. 린은 고개를 숙이며 말을 이었다.

"죄송합니다. 그자가 연변거지를 위협해 그렇게 하라고 시켰다더군요."

"하긴 연변거지 따위가 정찬혁의 명령을 거역할 수는 없었겠죠. 그건 그렇다 치고⋯ 그가 뭐라고 했다던가요? 직접 모습을 드러냈다면 무언가 남긴 메시지가 있지 않나요?"

"예. 조만간 직접 찾아 갈 테니 쓸데없는 수작 부리지 말고 철저히 준비하라고 했다는군요."

"조만간에 찾아오겠다고 했다고요?"

"예."

린은 가만히 고개를 끄덕였다. 메이린의 입꼬리가 살짝 말려 올라갔다.

정찬혁의 선전포고나 마찬가지인 전언을 듣는 순간 온몸에 전율이 일었다. 메이린은 입맛을 다시며 천천히 입을 열었다.

"제 발로 직접 찾아오겠다니 연회장을 마련해 둬야겠군요. 사실 조금만 더 지켜보다가 움직이려 했는데, 본인이 선전포고를 한 마당이니 시간 낭비할 이유는 없겠네요. 린, 인천항에 있는 가장 넓은 창고를 비워두세요. 연회장은 넓으면 넓을수록 좋을 테니까요."

"알겠습니다."

"지난번에 말했던 대로 연변거지들과 임시 연락망은 마련해 뒀겠죠?"

"물론입니다."

"때가 되면 연변거지들도 호출 할 테니까 준비해 둬요. 그리고 마지막으로……."

"말씀하십시오."

메이린이 망설이 듯 말꼬리를 흐리자 린은 고개를 갸웃하며 말했다. 이내 메이린의 말이 이어졌다.

"첸 대인과 연락하게 해주겠어요? 꼭 부탁드릴 일이 있어서 말이죠."

메이린은 싱긋 미소를 지으며 가만히 린을 바라보았다.

*   *   *

─오전 11시 20분 뉴욕으로 출발하는 대한항공 1123편. 뉴욕행 항공기로 여행하실 손님 여러분께서는 ××번 탑승구로……

인천국제공항의 탑승 안내방송이 귓가로 흘러들었다.

린은 영문도 모른 채 메이린의 손에 이끌려 공항에 나와 있었다.

언제 도착할지 모르는 누군가를 기다리며 린은 나직이 한숨을 내쉬었다.

"누가 올지 궁금하지 않아요, 린?"

"네?"

갑작스러운 메이린의 질문에 린은 고개를 갸웃했다. 메이린은 씨익 미소를 지으며 말을 이었다.

"꽤나 재미있는 녀석들이 곧 도착할 거예요. 좀 특이한 녀석들이지만 린도 마음에 들 거예요. 아참, 하나는 빼고요."

대체 무슨 말을 하는 건지 영문을 알 수 없었다. 하지만 린은 아무런 질문도 하지 않고 가만히 고개를 끄덕였다.

얼마 지나지 않아 항공기 도착 안내방송이 흘러나왔다. 방송을 들은 메이린이 낮게 소리쳤다.

"도착했다!"

10분 정도 시간이 더 지나자 입국 게이트에서 수많은 사람이 쏟아져 나오기 시작했다.

메이린은 가만히 입국 세이드 쪽을 바라보았다. 이내 누군가를 발견한 듯 손을 번쩍 들며 소리쳤다.

"스티브! 여기야, 여기!"

막 입국 게이트를 통과한 사내 하나가 히죽 미소를 지으며 두 사람에게로 다가왔다. 다가오는 사내의 모습에 린은 적잖이 당황했다.

한국은 아직 겨울의 추위가 완전히 가시지 않은 쌀쌀한 날씨였다.

하지만 사내는 하와이에라도 온 듯 밝은 색 꽃무늬 반팔 남방에 반바지, 그리고 슬리퍼를 신고, 커다란 캐리어를 들고 있었다.

함께 입국 게이트를 통과한 다른 사람들도 이상하다는 듯 사내를 힐끔힐끔 쳐다보고 있었다.

하지만 사내는 주위의 시선에는 전혀 신경을 쓰지 않고 당당한 걸음으로 곧장 두 사람에게 다가왔다.

꽃 남방 사내, 스티브는 빠른 걸음으로 다가와 메이린의 앞에서 두 팔을 활짝 펼쳤다.

메이린은 기다렸다는 듯 폴짝 뛰어올라 스티브의 품에 안겼다.

"어서와, 스티브! 오랜만이야."

"여어, 린! 오랜만이라 그런지 전보다 훨씬 성숙해진 것 같은데? 어디 얼마나 자랐는지 볼까?"

메이린의 허리를 감싸 안은 스티브의 한 손이 슬그머니 아래로 내려갔다.

스티브의 손이 막 엉덩이에 닿으려는 찰나, 메이린은 손을 뻗어 스티브의 손등을 강하게 후려쳤다.

"아욱! 여전히 손이 맵구만, 린."

낮은 신음을 토해내며 스티브는 메이린을 내려놓았다. 메이린은 여전히 미소를 띤 얼굴로 입을 열었다.

"스티브도 그놈의 변태 끼는 여전하네."

"하하. 언제 어느 곳에서도 변함없는 일관성이 내 장점이라고. 그런데… 이 매력적인 여성분은 뉘신지? 소개해 주지 않을 거야, 린?"

"조금만 기다려. 다들 도착하면 그때 소개해 줄 테니까."

메이린의 말에 스티브는 아쉬움이 가득한 얼굴로 중얼거렸다.

"뭐야? 나만 부른 게 아니었어? 대체 누굴 더 부른 거야?"

"기다려 봐. 금방 도착할 거야."

메이린은 스티브를 힐끗 째려보며 핀잔을 줬다.

스티브는 마치 고양이 앞의 쥐처럼 어깨를 움츠린 채 조용히 투덜거렸다.

"하여간에 저놈의 성격은……."

"뭐라고?"

"아, 아무것도 아냐. 린, 네 말대로 다들 도착할 때까지 얌전히 기다리고 있겠다고."

당황한 스티브는 양손을 휘휘 내저으며 고개를 절레절레 흔들었다.

그제야 메이린은 날카로운 눈빛을 풀고 입국 게이트로 시선을 돌렸다.

기다림의 시간은 그리 길지 않았다. 30분 정도가 더 지나 다시 도착 안내 방송이 흐르자 메이린의 시선이 입국 게이트로 향했다. 역시나 얼마 지나지 않아 사람들이 쏟아져 나왔다.

"뭐야? 저 녀석도 부른 거야, 린?"

막 입국 게이트를 통과하는 두 사람을 보고 스티브가 의외라는 듯 질문을 던졌다.

메이린은 스티브를 맞이할 때와는 달리 굳은 얼굴로 두 사람을 향해 손을 흔들었다.

잠시 두리번거리던 두 사람이 메이린과 스티브를 발견하고는 천천히 다가왔다.

다가오는 두 사람도 스티브만큼 특이한 차림새를 하고 있었다.

키가 2미터에 가까운 근육질의 사내는 몸매가 드러나는 흰색 면 티 한 장에 아웃도어용 점퍼를 대충 걸치고, 선글라스로 얼굴의 절반을 뒤덮고 있었다.

가느다란 백금 사슬로 이어져 있는 코와 귀의 피어싱이 눈길을 끌었다.

그 옆에 있는 여성도 특이하기는 마찬가지였다.

메이린과는 달리 린보다 조금 더 커 보이는 늘씬한 체구에 호리호리한 체구의 여성은 가슴의 절반이 드러날 정도로 푹 파인 셔츠에 검은 가죽 재킷을 걸치고, 일명 마녀화장이라 불리는 짙은 스모키 화장을 하고 있었다.

여성의 등에는 플라스틱 재질의 콘트라베이스 케이스를 메고 있었다.

"오랜만이다, 린."

피어싱을 한 덩치 큰 사내가 무뚝뚝한 얼굴로 천천히 입을 열었다.

메이린은 고개를 끄덕이며 대답했다.

"그래. 오랜만이야, 웨이츠. 그리고… 샤오메이 너도."

샤오메이라 불린 여성은 살짝 눈초리를 치켜 올리며 성의 없이 고개를 까딱했다. 보아하니 메이린과 그리 사이가 좋아 보이지 않았다.

"다 도착했으니 이제 소개할게요, 린. 이쪽은 저와 같은 암룡인 스티브 롱, 웨이츠, 샤오메이라고 해요. 다들 인사해. 이쪽은 첸 대인의 친위대 소속인 린이라고 해. 지금은 진용의 중역을 맡고 있지."

"웨이츠라고 한다."

"샤오메이예요."

"린이라고 합니다."

린은 고개를 꾸벅 숙였다.

자신이 아무리 첸의 친위대라고는 하지만 암룡이라면 구룡회 내에서의 지위는 자신보다 훨씬 높은 상급자들이었다.

한꺼번에 암룡을 네 사람이나 만나는 것은 극히 드문 일이었지만 린은 눈 하나 깜짝하지 않았다.

평범하게 고개를 까딱이거나 가벼운 손짓으로 인사를 한 다른 두 사람과는 달리 스티브는 한쪽 무릎을 꿇고 린의 손등에 입맞춤하며 입을 열었다.

"스티브 롱입니다. 잘 부탁드리겠습니다, 마드무아제……!"

순간 메이린의 손길이 스티브의 뒤통수로 날아들었다. 갑작스러운 공격이었지만 스티브는 돌아보지도 않고 메이린의 손목을 잡았다.

"이게 무슨 짓이야, 린?"

메이린의 낮은 음성이 스티브의 귓가로 조용히 날아들었다.

"쓸데없는 짓은 하지 말라고, 스티브. 언제 그 버릇 고칠래?"

"내가 뭐가 어때서?!"

스티브가 벌떡 일어나며 소리쳤다. 순간 샤오메이가 눈살을 찌푸리며 나직이 중얼거렸다.

"언제까지 이런 코미디를 봐야 하는 거야? 내가 이런 것 때문에 한국까지 온 줄 알아?"

메이린의 얼굴이 왈칵 일그러졌다. 메이린은 날카로운 눈빛으로 스티브를 쏘아보았다.

스티브가 저도 모르게 어깨를 움찔했다. 메이린은 낮은 음성으로 천천히 입을 열었다.

"다들 따라와. 자세한 얘기는 도착하면 해줄 테니까. 앞장서요, 린."

"예. 알겠습니다."

린이 걸음을 옮기기 시작하자 메이린도 조용히 그 뒤를 따랐다.

샤오메이의 시선이 스티브에게 향했다. 스티브는 어깨를 으쓱해 보였다.

이내 스티브를 비롯한 세 암룡은 앞서 나간 두 사람을 따라 걸음을 옮기기 시작했다.

메이린과 린, 그리고 세 암룡은 진용빌딩의 14층에 위치한 회의실에 모였다.

자리에 앉자마자 샤오메이는 미간을 찌푸린 채 메이린에게 질문을 던졌다.

"그래. 우릴 여기까지 부른 이유는 뭐지? 별것도 아닌 일로 부른 거라면 각오해야 할 거야."

"별것 아닌지 어떤지는 네 눈으로 직접 확인해. 린, 시작하세요."

메이린은 샤오메이를 날카롭게 쏘아보며 말했다.

린은 회의실의 불을 끄고 스크린을 내렸다. 화면에 슬라이드 형식으로 정찬혁에 관한 파일이 차례로 흘러나오기 시작했다.

린은 슬라이드를 천천히 넘기며 입을 열었다.

"정찬혁. 3년 여 전에 있었던 반란 사건을 일으킨 주모자입니다. 당시 뒤탈이 나지 않게 처리했다고 생각했습니다만……."

그렇게 시작된 린의 말은 그 후로 한참을 계속되었다.

"고작 배신자 하나를 처리하자고 날 여기까지 불러낸 거였어?"

브리핑이 끝나고 린이 회의실의 불을 켜자 샤오메이가 짜증 섞인 음성을 토해내며 메이린을 노려보았다.

메이린은 왈칵 인상을 찌푸리며 말했다.

"정찬혁이 누군지 벌써 잊은 거야? 게다가 웨이 밍이 일방적으로 당했어. 현장에는 웨이 밍 말고도 조직원 수십 명이 함께였었다고. 일반 조직원이야 별문제가 안 되겠지만 그 미친 개, 웨이 밍이 놈에게 당했다고. 이게 무슨 의미인지 모르겠다면 샤오메이 너도 그 정도가 한계라는 뜻이겠지."

"뭐라고?"

샤오메이가 벌떡 일어났다. 금방이라도 메이린에게 달려들 것 같은 기세였다.

순간 짝, 하는 손뼉을 치는 소리가 들려왔다. 메이린과 샤오메이, 두 사람의 시선이 저도 모르게 소리가 난 쪽으로 향했다.

손뼉을 친 것은 스티브였다. 스티브는 히죽 미소를 지으며 두 사람 사이로 천천히 걸어 나왔다.

"둘 다 적당히 해. 그렇게 인상 쓰면 주름만 생긴다고."

"뭐라고?"

메이린과 샤오메이가 어처구니가 없다는 듯 동시에 같은 말을 뱉어냈다.

스티브는 여전히 미소를 지으며 조용히 말을 이었다.

"두 사람 다, 싸움은 좀 나중으로 미뤄두라고. 샤오메이, 네가 흥분하는 이유는 잘 알겠어. 하지만 상대의 역량을 가장 잘 파악하는 메이린이 우리 셋을 아무 이유 없이 불러들이진 않았을 거야. 안 그래?"

"물론이지. 우리 쪽이 피해를 입지 않고 정찬혁을 처리하려고 너흴 부른 거야."

메이린의 대답에 스티브는 고개를 끄덕이며 말을 이었다.

"나도 메이린이 옳다고 생각해. 내 입으로 이런 말 하기는 좀 뭣하지만 암룡은 구룡회에서 없어선 안 될 존재야. 암룡 하나가 일반 조직원 수백, 아니, 수천의 가치가 있다는 것 정도는 너희도 잘 알고 있잖아."

스티브가 하려는 말을 어느 정도 알 것 같았다. 샤오메이는 낮게 혀를 차며 다시 그 자리에 앉았다.

"쳇! 이번만은 메이린, 네 계획대로 따라주지. 이번 한 번뿐이야."

샤오메이의 말에 스티브는 싱긋 미소를 지으며 메이린을 바라보았다.

"이러면 됐지? 그럼 얘길 계속해 보자고."

스티브는 다시 자리로 돌아가 앉았다. 순간 팔짱을 낀 채 가만히 제자리에 앉아 있던 웨이츠가 천천히 입을 열었다.

"놈을 제거할 계획은?"

공항에서부터 이곳에 올 때까지 자신을 소개한 것 말고는 단 한 번도 입을 열지 않은 웨이츠의 말에 세 암룡은 저도 모르게 피식 미소를 지었다.

이내 메이린이 입을 열었다.

"미끼 사냥을 할 생각이야."

"미끼 사냥?"

스티브가 고개를 갸웃했다. 메이린은 입꼬리를 슬며시 말아 올리며 고개를 끄덕였다.

"마침 딱 적당한 미끼가 있거든."

*　　　*　　　*

"그럼 내일 하루 쉬고 모레 봐요, 찬혁 씨."

신유진은 목도리를 다시 고쳐 메고는 카페 밖을 나섰다.

새벽에 눈이 잠깐 온 탓에 바닥이 미끄러웠다. 신유진은 혹시라도 미끄러지지 않게 조심스레 걸음을 옮기기 시작했다.

아직 그리 늦지 않은 시간이라 길거리를 오가는 사람들은 꽤나 많았다.

신유진은 사람들과 부딪치지 않게 어깨를 살짝 움츠리며 걸어갔다.

길이 미끄러운 탓에 평소에는 5분이면 충분히 도착할 거리를 10분이 되도록 계속 걷고 있었다.

"후우— 길이 미끄러워서 그런지 꽤나 힘이 들어가네."

조용히 중얼거리며 신유진은 허연 입김을 뱉어냈다.

종아리에 힘을 주고 걸어온 탓인지 발목이 조금 아렸다. 그 자리에 멈춰 선 신유진은 굳은 발목을 이리저리 돌리며 풀었다.

조금 나아진 것 같아 신유진은 다시 원룸으로 향했다. 문득 맞은편에서 걸어오는 특이한 차림새의 사내에게 시선이 닿았다.

해가 진 데다 새벽에 눈까지 온 탓에 꽤나 추운 날씨였다. 그런데 사내는 반팔 꽃 남방에 칠 부 바지를 입고, 슬리퍼를 신고 있었다.

별 이상한 사람도 다 있다는 생각을 하며 신유진은 사내와 부딪치지 않게 골목 구석으로 슬쩍 이동했다.

하지만 꽃 남방 사내는 곧장 신유진에게로 다가와 말을 걸었다.

"여어, 마드무아젤. 뭐 하나만 물어봐도 되겠습니까?"

정중했지만 이상하게 거부감이 드는 말투였다. 신유진은 사내와 눈이 마주 치지 않게 고개를 숙였다.

"뭐죠?"

"인시동, 아니, 인사동 길이던가? 그쪽으로 가려면 어떻게 해야 합니까?"

"인사동 길이요? 저쪽으로 쭉 가시다가 갈림길에서 왼쪽… 윽!"

신유진은 고개를 돌려 뒤쪽을 손가락으로 가리키며 입을 열었다.

하지만 신유진의 말은 끝까지 이어지지 않았다. 갑자기 꽃남방 사내가 수도로 신유진의 목덜미를 후려친 탓이었다.

신유진은 짧은 신음과 함께 그 자리에 풀썩 쓰러졌다.

"엇차! 귀중한 몸이시니 다치면 안 되지."

꽃 남방 사내, 스티브는 그대로 손을 뻗어 쓰러지는 신유진을 가볍게 안아 들었다. 그리곤 왼쪽 귓불을 살짝 누르며 나직이 중얼거렸다.

"미끼 확보했다."

귀걸이 형태의 소형 리시버에서 메이린의 음성이 조용히 흘러나왔다.

─계획대로 이동해. 아참, 그리고. 스티브, 네 변태적 성향은 좀 참아줘. 미끼는 절대 건드리지 말라고. 알겠어?

마치 자신의 행동을 보고 있는 것 같은 메이린의 말에 스티브는 저도 모르게 움찔했다. 이내 고개를 절레절레 흔들며 낮게 소리쳤다.

"나, 날 뭘로 보는 거야! 나도 공과 사는 구분할 줄 안다고."

신유진의 엉덩이를 향해 다가가던 손을 멈칫한 모습으로는 아무런 설득력이 없는 항변이었다.

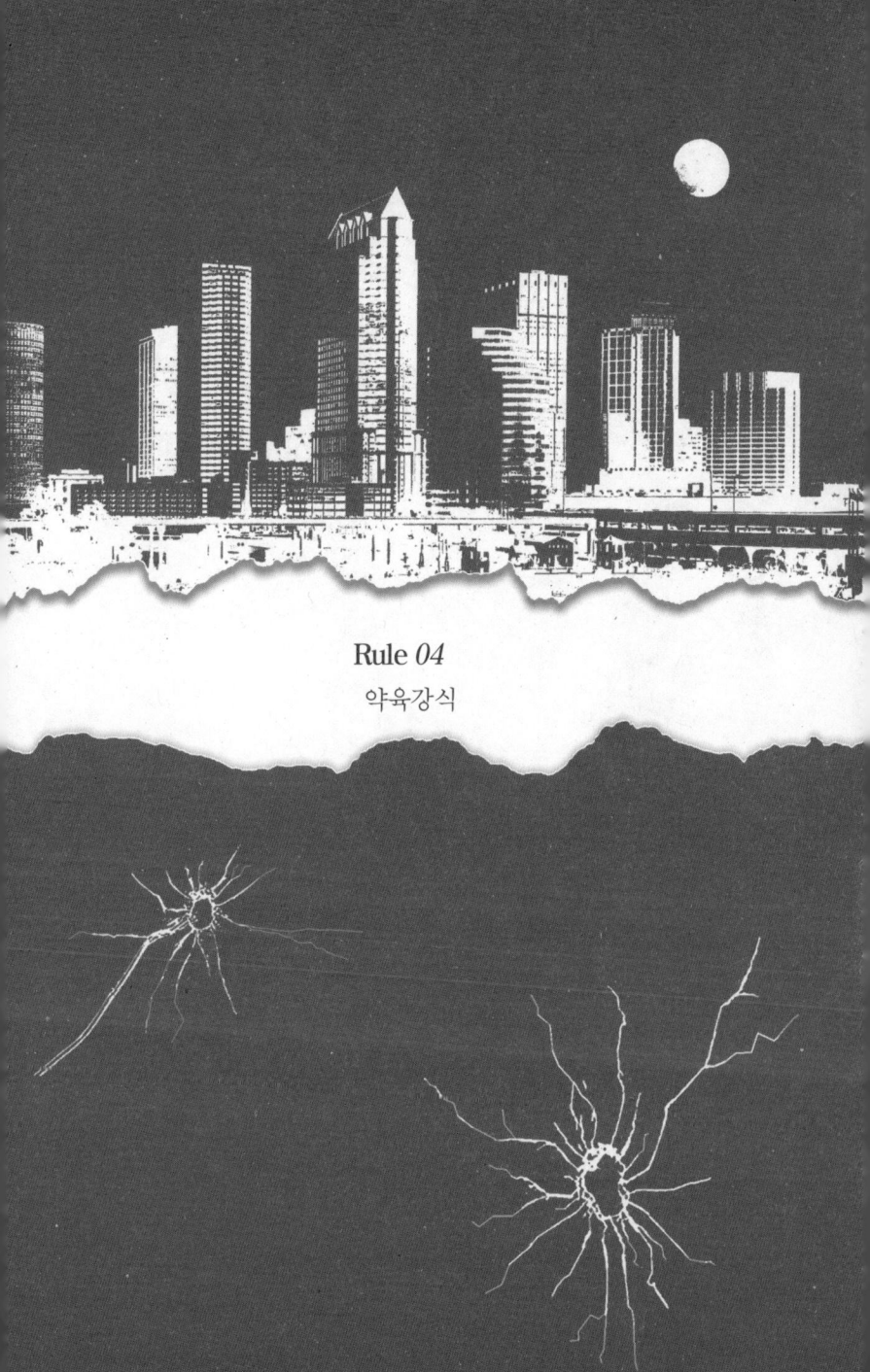

Rule *04*
약육강식

"오늘 따라 좀 늦는군."

혼자서 카페를 열 준비를 하던 정찬혁은 힐끗 시계를 보면서 나직이 중얼거렸다.

평소라면 벌써 도착해 청소를 다 끝냈을 시간이었다. 하지만 아직까지 신유진은 출근하지 않고 있었다.

지금까지 지각 한 번 하지 않았던 신유진이라 조금 이상하기는 했지만, 별다른 걱정은 하지 않았다. 그저 조금 늦나보다 하고 생각할 뿐이었다.

청소를 끝낸 정찬혁은 찬장에서 사용할 머그컵을 두어 개 꺼내고, 원두를 전동 그라인더에 적당량 쏟아부었다.

어느새 오전 영업시간이었다. 정찬혁은 밖으로 나가 영업 중 팻말을 내걸었다.

문득 카페 쪽을 비추는 CCTV에 눈길이 갔다. 처음 설치했을 때도 그랬지만 역시나 누군가 자신을 감시하고 있는 것 같은 기분이 들었다.

CCTV에 잡히지 않게 움직이는 것이 습관이 된 탓에 그런가 보다 생각을 하며 정찬혁은 카페 안으로 들어갔다.

얼마 지나지 않아 손님이 하나둘 들어오기 시작했다. 아직 신유진이 출근하지 않은 터라 정찬혁이 서빙까지 해야만 했다.

"어서 오십시오, 손님. 주문하시겠습니까?"

손님이 붐비는 시간이 지나 조금은 한산해졌다. 힐끗 시계를 보자 휴식 시간까지 5분 정도가 남아 있었다.

정찬혁은 밖으로 나가 '휴식 중' 팻말을 내걸고 안으로 들어왔다. 거의 동시에 딸랑, 하는 소리와 손님이 들어왔다.

모자를 푹 눌러 쓰고 양손을 점퍼 주머니에 찔러 넣고 있는 더벅머리 사내였다.

사내는 그대로 한쪽 구석에 앉았다. 정찬혁은 나직이 한숨을 내쉬며 사내에게 다가갔다.

"손님. 죄송합니다만 곧 휴식 시간이라 그러니 근처 다른 카페를 이용해 주시겠습니까?"

최대한 정중한 어투로 그렇게 말했지만 사내는 꼼짝도 하지 않았다.

사내 정찬혁의 말이 들리지 않는다는 듯 고개를 숙인 채 조용히 말했다.

"커피… 한 잔."

사내가 입을 연 것은 그것이 끝이었다.

정찬혁이 다시 설득을 시도해 보았지만 역시나 들은 채도 하지 않았다.

정찬혁은 나직이 한숨을 내쉬며 시계를 쳐다보았다. 이미 휴식 시간이 되어버렸다.

정찬혁은 머릿속으로 대충 계산해 보았다. 휴식 시간의 중간 즈음에 통증이 올 테니 아직은 30분 정도 여유가 있었다.

강제로 손님을 쫓아낼 수는 없는 일이니 우선은 주문을 받아야 할 것 같았다.

그냥 커피 한 잔이라는 모호한 주문이었지만 정찬혁은 우선 에스프레소를 내려, 아메리카노 한 잔을 만들었다. 그리곤 작은 소스 볼에 시럽을 채워 쟁반에 담았다.

"주문하신 커피 나왔습니다, 손님."

정찬혁은 사내의 앞에 머그컵에 담긴 아메리카노와 시럽

을 채운 소스 볼을 내려놓았다.

하지만 사내는 고개를 숙인 채 꼼짝도 않고 있었다. 카운터로 돌아온 정찬혁은 바 체어(Bar chair)에 앉아 사내를 가만히 바라보았다.

20여 분이 지나 아메리카노가 다 식어갈 때까지도 사내는 움직이지 않았다.

5분이 더 지나자 사내는 천천히 손을 뻗어 머그컵을 집어들었다. 그리곤 단숨에 아메리카노를 들이켜고는 벌떡 일어났다.

"얼마요?"

카운터로 다가온 사내가 조용히 물었다. 정찬혁은 나직이 안도의 한숨을 내쉬며 대답했다.

"육천 원입니다."

사내는 점퍼 주머니에서 꼬깃꼬깃한 천 원짜리 지폐 여섯 장을 꺼내 카운터 테이블에 내려놓았다.

그리곤 정찬혁이 무어라 하기도 전에 휙, 하고 밖으로 나가버렸다.

정찬혁은 그대로 사내의 뒤를 쫓아가 문을 잠갔다. 카운터로 돌아온 정찬혁은 지폐를 정리해 캐시 박스에 넣으며 나직이 중얼거렸다.

"후우— 늦지 않아 다행이로군."

말을 마치자마자 기다렸다는 듯 심장의 격통이 느껴졌다.

정찬혁은 짧은 신음을 토해내며 바 체어에 털썩 주저앉았다.

"큭!"

시간이 지나자 통증이 가라앉았다. 정찬혁은 이마의 식은 땀을 훔쳐내며 천천히 몸을 일으켰다.

머그컵과 소스볼이 덩그러니 놓여 있는 테이블을 정리하기 위해서였다.

문득 아직까지 신유진에게서 아무런 소식이 없다는 것이 떠올랐다.

"아무 연락이 없다니 무슨 일이지?"

정찬혁은 휴대폰을 꺼내 신유진의 번호를 눌렀다. 통화 버튼을 누르자 요즘 유행하는 걸그룹의 노래가 통화 연결음으로 흘러나왔다.

노래가 1절이 끝나고 2절의 중반에 접어들었는데도 신유진은 전화를 받지 않았다.

이내 노래가 끊기고 음성메시지를 남기라는 전언이 흘러나왔다.

정찬혁은 그대로 종료 버튼을 누르고 휴대폰을 주머니에 쑤셔 넣었다.

문득 머그컵 아래에 깔려 있는 종잇조각이 눈에 들어왔다.

정찬혁은 손을 뻗어 종잇조각을 집어 들었다. 반으로 접혀 있는 종잇조각을 펼치자 휘갈겨 쓴 문장 세 줄이 눈에 들어왔다.

여자, 이쪽에 있다.
인천항 보세구역 35번 창고.
혼자서 와라.

가만히 종잇조각의 메시지를 바라보던 정찬혁은 앞치마를 벗어 던지고는 천천히 지하실로 내려갔다.

권총과 이블 불릿이 가득 찬 탄창 하나, 그리고 핸드나이프를 챙긴 정찬혁은 카페 입구에 '휴일'이라는 팻말을 걸어놓고는 근처 주차장에 세워둔 차로 향했다.

'방심했군. 내가 직접 찾아가겠다고 했는데 이런 식으로 나올 줄이야.'

나직이 중얼거리며 정찬혁은 종잇조각에 쓰여 있는 장소를 향해 차를 몰았다.

*　　*　　*

"반장님. 영상분석실에서 연락이 왔습니다. CCTV에 찍힌 범인들과 용의자 네 명의 윤곽이 70% 정도 일치한답니다."

"뭐? 그게 무슨 말이야? 그놈들이 범인이라는 뜻이냐?"

"예! 영상에 찍히지 않은 두 놈은 모르겠지만 나머지 세 놈
은 거의 확실하답니다."

들려온 대답에 이준형 반장은 저도 모르게 자신의 맞은편
에 있는 한윤철을 바라보았다.

눈이 마주치자 한윤철은 미소를 지으며 고개를 끄덕였다.
이내 이준형 반장은 주위에 있는 수사관들에게 소리쳤다.

"그럼 뭣들 하는 거야? 빨리 출동준비 하지 않고! 여기 한
검사님께서 체포영장신청서를 작성하실 테니, 양 형사는 그
거 들고 법원 가서 영장 받아와! 지금 그놈들 감시하고 있는
게 누구지? 최 형사랑 임 형사든가? 연락해서 절대 놈들을 놓
치지 말라고 전해. 놈들이 이동하면 재깍재깍 보고하고. 영장
발부 받으면 당장 출발할 테니까 미리 가서 시동도 걸어놔!"

"예! 반장님!"

각각 명령을 받은 수사관들이 일사분란하게 움직이기 시
작했다.

사건이 광수대로 이관된 후에 처음으로 용의자를 확정지
었으니 수사관들의 의욕이 끓어오르는 것은 당연한 일이었
나.

"영장신청서 여기 있습니다."

한윤철은 미리 준비하고 있던 체포영장신청서를 양 형사에게 건넸다.

빼앗을 기세로 체포영장신청서를 받아 든 양 형사는 전에 없이 쏜살같은 속도로 달려나갔다.

다른 수사관들은 저마다 출동 준비를 위해 바삐 움직이고 있었다.

"드디어 해결 임박이군요."

송지훈이 짐짓 감탄하며 중얼거렸다. 자신이 찾아낸 증거가 사건 해결에 큰 도움이 되었다는 것이 자랑스러웠다.

한윤철은 피식 미소를 지으며 고개를 끄덕였다.

"광수대의 일은 용의자 체포에서 끝나겠죠. 제 일은 이제부터 시작일 겁니다. 송 수사관님도 밤샘 정도는 각오하셔야 할 거예요."

"그거야 당연한 일이죠."

송지훈은 미소를 지으며 고개를 끄덕였다.

채 30분도 지나기 전에 양 형사가 헐레벌떡 수사본부로 뛰어 들어왔다.

"헉헉! 체, 체포영장! 헥! 발부 받았습니다. 헉헉!"

거친 숨을 몰아쉬면서도 양 형사는 법원에서 발부받은 체포영장을 허공에 휘둘러 보였다.

이준형 반장은 체포영장을 받아들고는 수사관들을 향해

소리쳤다.

"뭣들 하는 거야? 박 형사, 김 형사, 오 형사 빼고 전부 출동해! 한 검사님도 가실 거죠?"

대충 점퍼를 걸치고 밖으로 달려나가려던 이준형 반장이 불쑥 물었다.

당연히 출동 준비를 하고 있던 한윤철은 고개를 끄덕이며 이준형 반장의 뒤를 따랐다.

"물론입니다. 송 수사관님은 본부에 남아 계세요. 위험할지도 모르니까요."

주차장에 세워둔 승합차 두 대와 승용차 세 대에 20여 명의 수사관들이 각각 나눠 탔다.

한윤철은 이준형 반장과 함께 승합차에 올랐다.

따로롱—!

막 시동을 걸고 출발하려는 순간 이준형 반장의 휴대폰이 울렸다.

용의자들을 감시하고 있는 임 형사의 전화였다. 이준형 반장은 통화 버튼을 눌러 전화를 받았다.

"어, 그래, 임 형사. 무슨 일이야? 지금 막 출동하려던 참인데. 으응. 그래? 놈들이 인천항 쪽으로 이동하고 있다고? 알겠어. 곧상 그쪽으로 갈 데니끼 놓치지 말고 계속 뒤쫓아 가. 내가 도착하기 전까지는 그냥 뒤만 쫓기만 해야 된다. 알겠지? 그래, 최대한 빨리 가마."

전화를 끊은 이준형은 핸들을 잡고 있는 수사관에게 소리 쳤다.

"들었지? 인천항으로 간다. 빨리 출발해!"

"예. 출발하겠습니다."

시동을 걸고 한윤철이 탄 승합차가 움직이자 다른 차량들이 그 뒤를 따르기 시작했다.

애애앵—

날카로운 사이렌 소리가 빠른 속도로 광역수사대 수사본부에서 멀어져 갔다.

          *   *   *

"으, 으음……"

신유진은 낮은 신음을 흘리며 천천히 의식을 되찾았다.

눈을 떴지만 앞이 제대로 보이지 않았다. 안대 같은 것이 눈을 가리고 있는 것 같았다.

누군가가 다가오는 인기척이 느껴졌다. 신유진은 저도 모르게 어깨를 움츠리며 뒤로 물러나려 했다.

하지만 몸이 제대로 움직여지지 않았다. 어딘가에 묶여 있는 것 같았다.

"이제 정신이 드십니까, 마드무아젤?"

정중하지만 어딘가 모르게 거부감이 드는 말투가 귓가로 날아들었다.

그제야 신유진의 머릿속에 기억이 되살아나기 시작했다.

베아투스를 나와 자신의 원룸으로 돌아가던 중, 길가에서 만난 괴상한 차림새의 사내에게 길을 가르쳐 주려다 목덜미 부근을 얻어맞고 의식을 잃은 것이 떠올랐다.

"다, 당신… 원하는 게 뭐죠? 왜 날 이렇게……."

신유진은 질문을 채 끝맺지 못했다. 갑자기 누군가의 손길이 얼굴에 닿은 탓이었다.

신유진은 최대한 몸을 움츠리며 상대의 손길을 피하려 했다. 하지만 몸이 묶여 있는 탓에 제대로 움직일 수 없었다.

상대의 손길이 얼굴에 닿았다가 떨어진 순간, 안대가 스륵 풀리고 밝은 빛이 눈으로 쏟아졌다.

신유진은 질끈 두 눈을 감았다. 천천히 눈을 뜨자 서서히 시야가 돌아오기 시작했다.

"죄송합니다, 마드무아젤. 제가 너무 과하게 힘을 줬나 보군요. 하룻밤을 꼬박 기절해 계시다니."

자신을 기절시킨 반팔 꽃 남방 사내가 한쪽 무릎을 꿇고 고개를 숙인 채 눈앞에 있었다.

신유진은 최대한 사내에게서 멀어지려고 버둥대며 주위를

둘러보았다.

수많은 컨테이너가 주위 가득 쌓여 있었다. 어딘가의 거대 물류창고 같았다.

신유진은 팔다리가 굵은 밧줄로 포박되어 있는 상태였다.

"여, 여긴 어디죠? 왜 날 이런 곳에 데려온 거죠? 나한테 뭘 원하는 건가요?"

신유진은 파르르 떨리는 음성으로 질문을 쏟아냈다. 꽃 남방 사내는 능글맞은 미소를 지으며 입을 열었다.

"이런, 이런. 진정하십시오, 마드무아젤. 아무것도 알려고 들지 마십시오. 일이 끝나면 무사히 돌려 보내드릴 테니까요."

짧은 순간 꽃 남방 사내의 눈빛에 살기가 머물렀다가 사라졌다.

그것을 눈치챈 신유진은 한 가지 가능성을 떠올렸다. 신유진은 가만히 사내의 눈을 바라보았다.

아주 조금이지만 사내의 생각이 머릿속으로 흘러들었다. 신유진은 저도 모르게 나직이 중얼거렸다.

"구룡회……?"

순간 꽃 남방 사내가 놀란 눈으로 신유진을 바라보았다. 꽃 남방 사내의 입이 천천히 벌어졌다.

"그걸 어떻게……?"

그때였다. 조금 떨어진 곳에서 신경질적인 어투의 여성의 음성이 날아든 것은.

"거기서 뭐하는 거야, 스티브? 미끼한테 집적대지 말라고 경고 내가 경고하지 않았던가?"

스티브라 불린 꽃 남방 사내는 어깨를 움찔하더니, 이내 장난기 어린 미소를 지으며 한쪽 눈을 찡긋 윙크했다.

"이크! 무서운 마귀할멈이 날 찾나보군요. 아쉽지만 가봐야 할 것 같군요. 얌전히 여기서 일이 끝날 때까지 기다리고 있어요, 마드무아젤. 아참, 그리고 혹시라도 다른 사람 앞에서는 절대 구룡회라는 말을 입에 담지 말아요. 안 그러면 무사히 돌아가지 못할 테니까요. 그럼, 이만."

스티브는 신유진을 내버려 둔 채 훌쩍 컨테이너 사이로 사라져 버렸다.

컨테이너 너머에서 신경질적인 여성과 스티브의 대화가 들려왔다.

"놈이 언제 올지 모르니까 미리 준비해야 한다고 내가 얘기 했지? 그런데 왜 여기서 노닥거리고 있는 거야?"

"미안, 미안. 안 그래도 마드무아젤이 정신 차리는 것만 보고 가려고 했어. 그렇게 화내지 말라고, 린."

"하여간……. 삭선을 검토해 봬야 하니까 일단 회의실로 따라와."

"알겠습니다, 여왕님."

조금씩 두 사람의 음성이 멀어져 갔다.

얼마나 넓은 창고인지 이내 두 사람의 음성은 거의 들리지 않았다. 신유진은 나직이 한숨을 내쉬었다.

저들의 목적은 아마도 정찬혁의 목숨일 것이다.

자신을 잡아온 것은 정찬혁을 끌어들이기 위한 미끼가 필요했기 때문일 것이다.

언제고 이런 상황이 생길지도 모른다는 것쯤은 충분히 예상 가능한 일이었다.

하지만 너무 방심하고 있었다. 일전에 정찬혁이 연변거지를 통해 전한 말대로 당분간은 구룡회가 움직이지 않을 거라 생각한 것이다.

그런데 정찬혁이 나서기 전에 구룡회가 먼저 행동에 나설 줄은 예상치 못한 일이었다.

조금이라도 기운이 남아 있었다면 이렇게 무기력하게 잡혀 있지만은 않았을 터였다.

하지만 탐지기를 만드느라 기운이 회복되는 대로 소모해 버린 탓에 신유진은 평범한 여성의 육체적인 능력밖에 남아 있지 않았다.

조금 전 스티브의 생각을 읽은 것으로 마지막 단 한 톨의 기운까지 모두 사용해 버렸으니. 꼼짝없이 이대로 잡혀 있을 수밖에 없었다.

"여기로 오고 있는 건가요, 찬혁 씨?"

정찬혁의 무표정한 얼굴을 떠올리며 신유진은 거푸 한숨을 내쉬었다.

메이린은 사냥터로 결정한 보세구역 창고 주위 지형도를 테이블 위에 펼쳐 놓고 천천히 입을 열었다.

"반경 1㎞ 내의 소개(疏開)는 끝났고… 연변거지들은 언제쯤 도착하나요, 린?"

"30분 내로 모두 도착할 겁니다."

흘끗 시계를 본 린이 곧장 대답했다. 메이린은 고개를 끄덕이며 말을 이었다.

"연변거지들이 도착하면 우선 양쪽 진입로에 각각 3백씩 배치해 두세요. 창고단지 전체는 관계 차량 외에는 출입이 까다로우니까 아마 이쪽 주차장에 차를 세우고 걸어 들어올 거예요. 보세구역 진입로에서부터 정찬혁을 지치게 만들겠어요. 물론 여기까지 올 수는 있겠지만 무사하지는 못하겠죠."

메이린은 연변거지들을 배치할 곳을 손가락으로 하나하나 가리켰다.

정찬혁이 어디서 접근해 오든 다른 곳의 연변거지들이 차례차례 앞을 막을 수 있는 양파 껍질 같은 병력 배치였다.

단순하기는 하지만 정찬혁을 지치게 만드는 데에 가장 유효한 방법이었다.

메이린이 연변거지들의 배치를 막 끝냈을 때였다. 낮은 휴대폰 진동음이 들려왔다.

"죄송합니다, 잠깐……."

휴대폰을 꺼내든 린이 조용히 밖으로 나갔다.

무어라 통화하는 소리가 희미하게 문 밖에서 들려왔다.

메이린은 아랑곳하지 않고 스티브를 비롯한 세 암룡을 바라보며 입을 열었다.

"우리가 할 일은 간단해. 연변거지를 상대하느라 지친 정찬혁을 제거하는 것뿐이야. 한 가지만 명심해 둬. 죽은 웨이밍처럼 호승심에 빠져 멍청한 짓을 하진 말아야 한다는 거야. 다들 알겠지?"

"이거 생각보다 훨씬 쉬운 일이겠는데?"

스티브가 빙글거리며 말했다. 하지만 메이린은 가만히 고개를 내저었다.

"잊은 건 아니겠지? 정찬혁, 그놈이 얼마나 질긴 독종인지 말이야. 지쳤다고 해도 방심해서는 안 돼. 죽어가는 맹수는 무슨 짓을 저지를지 모르니까."

묵묵히 이야기를 듣고 있던 웨이츠가 나직이 중얼거렸다.

"어떤 상황에서도 살아남은 맹수가 강한 것이다. 약하면 죽게 마련이지. 놈은 강한 상대다."

"그러니 우리 넷이 이렇게 한 자리에 모인 것 아니겠어?"

스티브가 히죽 미소를 지으며 말했다. 그리 탐탁찮은 얼굴이었지만 샤오메이가 고개를 끄덕였다.

"그리 내키지는 않지만 어쩔 수 없지. 내 입으로 메이린, 네 계획에 따르겠다고 했으니."

메이린은 만족한 얼굴로 미소를 지었다. 막 안으로 들어서던 린이 고개를 갸웃하며 질문을 던졌다.

"다 끝난 겁니까?"

"네. 아까도 말했지만 린은 연변거지들의 배치와 지휘를 맡아줘요. 어찌 보면 제일 중요한 역할이지만 린이라면 잘 해줄 거라 믿어요."

"예, 알겠습니다. 그럼 전 밖에 나가 보겠습니다. 연변거지들이 도착하고 있다는군요."

"네. 그럼 수고하세요, 린."

메이린의 말에 린은 조용히 돌아서서 다시 밖으로 걸음을 옮기기 시작했다.

휴대폰을 들고 있는 린의 손아귀에 식은땀이 맺혀 가는 것을 눈치챈 자는 아무도 없었다.

*   *   *

애애앵—

경찰 차량 다섯 대가 길게 사이렌을 울리며 인천항을 향해
내달렸다.

맨 앞의 승합차에 타고 있는 이준형 반장은 주머니에 아무
렇게나 쑤셔 넣은 휴대폰이 울리는 것을 깨닫고는 전화를 받
았다.

"어, 그래. 어디? 서창분기점을 막 지났다고?"

이준형 반장은 자신의 옆에 있는 수사관에게 무어라 수신
호를 보냈다.

몇 년간 손발을 맞춰 온 터라 수사관은 금세 신호를 알아듣
고는 한쪽 구석에 나뒹굴고 있는 지도책을 펼쳤다.

이준형 반장은 서창분기점에서 인천항까지 이어진 도로를
한 번 훑더니 문학IC를 가리켰다.

"여기! 문학 인터체인지에서 잡자. 근처에 인천 광수대 있
으니까 지원 요청해 놓으마. 음주 단속하는 척하며 차를 세우
면 될 거야. 니들은 어디 다른 곳으로 빠져나가지 않나만 잘
지켜봐. 그래, 인마! 잡을 수 있어. 걱정하지 말고 잘 쫓아가
기나 해라. 오냐. 끊는다."

이준형 반장은 곧바로 인천 광역수사대로 전화를 걸었다.

"어, 홍 반장. 나야. 서울 광수대 이 반장. 어, 안 그래도 그

놈들 잡으려고 가는 중이야. 그래. 홍 반장이 좀 도와 도와줘야겠어. 에헤이, 크게 한 턱 쏜다니까? 어허, 사람이 만날 속고만 살았나? 응, 그래. 그쪽 애들 한 10명 정도만 빌려줘. 거기 문학 인터체인지라고 있지? 그쪽으로 지금 당장 보내주면 고맙지. 그래, 그래. 알았어. 조만간에 내가 찾아 갈게. 그래, 고마워."

전화를 끊자마자 이준형 반장은 운전을 하고 있는 수사관에게 소리쳤다.

"문학 인터체인지로 차 돌려! 빨리! 인천 광수대 애들이 최대한 시간 끌어 줄 테니까 그전에 도착해야 한다고."

"알겠습니다. 좀 더 밟을 테니 다들 꽉 잡고 계십쇼."

수사관은 핸들을 콱 움켜쥐고 엑셀레이터를 힘껏 밟았다.

거친 엔진 구동음과 함께 낡은 차체가 덜그럭거리기 시작했다.

도로 제한 속도를 아득히 넘어서는 빠른 속도로 사이렌 소리가 길게 이어졌다.

30여 분을 폭주한 끝에 이준형 반장을 위시한 다섯 대의 차량은 목적지인 문학IC에 도착할 수 있었다.

인터체인지 입구에는 인천 광역수사대 수사관들이 불시검문을 가장한 시간 끌기를 하고 있었다.

갓길에 나란히 차를 세워둔 수사관들이 달려나왔다.

이준형 반장은 인천 광수대 수사관들에게 다가가며 말을 걸었다.

"여어, 수고가 많네. 아직 그 차량은 안 지나갔지?"

"충성! 예, 아직 지나가지 않았습니다."

"좋아. 우린 이 부근에 숨어 있을 테니까, 용의 차량이 보이면 신호해줘. 알겠지?"

"예 알겠습니다."

이준형 반장은 피식 미소를 지으며 천천히 돌아서서 부하들에게 소리쳤다.

"다들 용의 차량이 나타날 때까지 근처에 숨어 있어! 조 형사, 넌 차에 타고 있다가 놈들이 빠져나가려고 하면 바로 들이받아 버려. 알겠지? 자! 다들 조금만 더 긴장하자! 곧 망할 범인 놈들을 체포할 수 있을 거야!"

수사관들이 주위로 흩어졌다. 한윤철은 가드레일 뒤에 몸을 숨긴 이준형 반장의 바로 옆에서 긴장한 얼굴로 나직이 한 숨을 내쉬었다.

"이제 곧 잡을 수 있겠군요."

"물론입니다. 이렇게까지 하고도 못 잡으면 쪽 팔려서 옷 벗을 겁니다."

이준형 반장은 누런 이를 드러내며 씨익 미소를 지었다.

왠지 모를 친근감이 느껴져 한윤철은 저도 모르게 피식 웃었다.

그때였다. 저 멀리서 낡은 승합차 한 대가 덜컹거리며 달려오는 것이 눈에 들어왔다.

인천 광역수사대 수사관들이 정지 봉을 흔들며 승합차를 세웠다.

운전자가 무어라 수사관과 실랑이를 벌이는 것 같았다. 순간 수사관 중 하나가 뒷짐을 진 채로 정지 봉으로 천천히 원을 그렸다.

순간 이준형 반장의 눈이 날카롭게 번뜩였다. 무전기를 꺼낸 이준형 반장은 빠르게 입술을 달싹였다.

"놈들이다. 내가 셋을 세면 모두 동시에 달려드는 거다. 하나… 두울… 셋! 덮쳐!"

이준형 반장이 셋을 세는 순간, 한윤철은 곧장 용의차량을 향해 달려들었다.

도로 사방에서 뛰쳐나온 수사관들이 일제히 용의차량으로 향했다.

승합차를 타고 있던 사내 하나가 달려드는 수사관의 모습을 발견하고 무어라 소리쳤다.

이내 당황한 운전자가 급히 엑셀을 밟았다. 낡은 승합차가 달려나가기 시작했다.

순간 이준형 반장이 청천벽력 같은 외침을 토해냈다.

"조 형사! 들이받아 버려!"

그것을 신호로 갓길에 세워 놓은 승합차 한 대가 곧장 용의 차량으로 달려들었다.

갑작스러운 돌진에 용의 차량의 운전자는 급히 핸들을 꺾었다. 하지만 돌진하는 승합차를 완전히 피할 수는 없었다.

콰콱—! 파창!

커다란 파열음과 함께 유리 조각이 사방으로 튀었다.

승합차가 용의 차량의 측면을 들이받았다. 용의 차량이 멈춰 서자 20여 명의 수사관은 일제히 달려들었다.

찌그러진 문을 강제로 열어젖히고 안에 있는 용의자들을 끌어냈다.

승합차와 부딪친 탓에 용의자들은 좌석에 처박혀 기절해 있거나 피를 흘리고 있었다.

그 덕에 용의자들은 크게 저항하지 못하고 속수무책으로 끌어내려졌다.

숫자는 모두 다섯, 송지훈의 자료에 있는 자들이었다.

수사관들은 용의자들에게 수갑을 채우며 익숙한 미란다 원칙을 빠른 속도로 읊었다.

"당신은 묵비권을 행사할 권리가 있으며, 변호사를 선임할 권리가 있다. 변호사를 선임할 경제력이 없다면……"

*　　　*　　　*

"젠장! 왜 이렇게 막히는 거지?"

정찬혁은 검지로 핸들을 탁탁 두드리며 중얼거렸다.

목적지인 인천항으로 향하던 중, 길을 잘못 드는 바람에 제2경인고속도로로 들어와 버렸다.

인천항까지 방향을 틀 것도 없이 거의 직선으로 이어진 도로라 처음에는 별로 대수롭지 않게 생각했다.

하지만 어느 구간에서 사고라도 난 것인지 평일 낮 시간대인데도 이상하게 도로가 정체되고 있었다.

막 남동IC를 빠져 나온 참이라 한동안 국도로 빠질 수도 없었다.

정찬혁은 가만히 정체가 풀리기를 기다렸다.

얼마 지나지 않아 조금씩 움직이던 앞 차량이 속도를 내기 시작했다.

정체가 완전히 풀린 모양이었다. 정찬혁은 엑셀을 밟고 앞선 차량을 추월했다.

연이어 십여 대를 추월한 정찬혁이 막 문학IC에 접어들었을 때였다.

갓길에 세워져 있는 승합차와 승용차 몇 대가 보였다. 차량

앞 범퍼에 붙어 있는 '공무수행'이라는 글자와 붉은 사이렌이 눈길을 끌었다.

정찬혁은 저도 모르게 속도를 늦췄다. 형사로 보이는 자들이 방금 체포한 것으로 보이는 피투성이 사내들을 승합차에 태우고 있었다.

별다른 생각 없이 그 모습을 지켜보던 정찬혁의 눈이 화등잔만 하게 커졌다.

형사들의 손길에 밀려 승합차에 오르는 사내들 중 하나에게서 악마의 기운이 느껴진 까닭이었다. 숙주임이 틀림없었다.

정찬혁은 미등을 켜고 조금 떨어진 갓길에 차를 세웠다.

한 손은 핸들을 잡은 채, 다른 한 손은 품속에 있는 권총을 움켜쥐었다.

머릿속이 복잡했다. 숙주를 마주했음에도 섣불리 움직일 수 없었다. 보는 눈이 너무 많았다.

게다가 신유진도 계속 마음에 걸렸다. 정찬혁은 힐끗 고개를 돌렸다.

숙주를 태운 승합차가 막 어딘가로 출발하고 있었다.

서울지방경찰청 광역수사대.

승합차 뒤쪽에 붙어 있는, 소속을 알려주는 글자가 눈에 확 들어왔다.

정찬혁은 길게 한숨을 내쉬며 시선을 돌렸다. 순간, 막 승용차에 올라타고 있는 한 사내의 모습이 눈에 들어왔다.

'한윤철 검사⋯⋯.'

우연이라지만 이런 곳에서 한윤철을 보게 될 줄은 예상도 하지 못한 일이었다.

그러고 보니 지난번 헤로인 밀매 사건에도, 의료 사고를 가장한 장기 밀매 사건도 한윤철이 맡아서 해결했다는 기사를 본 기억이 났다.

정찬혁과 한윤철.

단 한 번도 제대로 대화를 나눈 적은 없었지만 알 수 없는 기이한 인연의 끈이 느껴졌다.

정찬혁이 망설이는 사이, 숙주를 태운 승합차와 광역수사대의 차량들은 저 멀리 시야에서 사라져 버렸다.

정찬혁은 나직이 한숨을 내쉬며 권총을 움켜쥔 손에 힘을 뺐다.

숙주를 처리하는 것은 다음으로 미룰 수밖에 없었다.

정찬혁은 다시 핸들을 콱 움켜쥐고 엑셀을 강하게 내리 밟았다.

6기통 직렬 엔진의 부드러운 구동음과 함께 미끄러지듯 차가 앞으로 내달렸다.

어쩌면 첸이 그곳에서 자신을 기다리고 있을지도 모른다.

그런 생각이 문득 머릿속을 스쳤다.

정찬혁이 인천항의 물류단지에 도착한 것은 해가 뉘엿뉘엿 질 무렵이었다.

수평선 너머로 모습을 감추고 있는 태양은 피처럼 붉은 빛으로 하늘을 물들이고 있었다.

물류단지 외곽의 주차장에 차를 세운 정찬혁은 천천히 목적지를 향해 걸음을 옮기기 시작했다.

아직 그리 늦지 않은 시간이었지만 이상하게도 물류단지는 텅 비어 있는 것 같았다.

휘이잉―

을씨년스러운 바닷바람이 온몸을 흩날리고 뼛속까지 들이닥쳤다.

하지만 정찬혁은 아무런 미동 없이 그저 계속 걸음을 옮겨갈 뿐이었다.

물류단지 입구에 설치되어 있는 안내도를 미리 기억해 둔 정찬혁은 아무런 망설임없이 걸음을 옮겨갔다.

얼마 지나지 않아 정찬혁은 보세구역의 입구에 닿을 수 있었다.

보세구역 안으로 이어진 포장도로 한가운데에서 멈춰 선 정찬혁은 천천히 주위를 둘러보았다.

아무런 인기척이 느껴지지 않던 다른 구역과는 달리 사방에 짙은 살기가 가득했다.

정찬혁은 품속에서 핸드나이프를 꺼내들었다.

칭—!

맑은 금속성과 함께 접혀 있던 날 부분이 펼쳐졌다. 붉은 노을빛에 반사된 칼날이 날카로운 빛을 뿜어냈다.

정찬혁은 핸드나이프를 든 손을 축 늘어뜨린 채 천천히 목적지를 향해 걸음을 옮기기 시작했다.

정찬혁이 보세구역 안으로 들어선 순간, 기다렸다는 듯 험악한 인상의 사내들이 수십, 아니, 수백여 명이 저마다 날붙이나 쇠파이프 등의 흉기를 들고 달려 나왔다.

정찬혁의 입꼬리가 살짝 말려 올라갔다.

'죽지 않을 정도로만 상대해 주겠다.'

*　　　*　　　*

"용의자들이 타고 있던 승합차 안에서 피 묻은 칼과 옷들이 발견되었습니다. 당장 국과수에 넘겨서 DNA 조사 신청해 놓겠습니다, 반장님."

"용의자 신문(訊問)은 저희가 하겠습니다. 한자리에 있으면 입을 맞춰서 꾸며낼 수도 있으니 각각 다른 취조실에서 실시하겠습니다."

"취조는 2인 1조로 해야 하는 거 잘 알고 있지? 나중에 혹시 책잡힐지 모르는 일이니 주의해라."

"예, 알겠습니다."

둘씩 짝을 이룬 수사관이 각각 용의자를 한 사람씩 데리고 취조실로 향했다.

의욕이 가득 찬 수사관들의 모습에 이준형 반장은 연신 고개를 끄덕였다.

이제 남은 것은 용의자들이 범인이라는 것을 확실히 밝히고 조서를 꾸며 검찰로 송치하는 일뿐이었다.

"취조에 저도 참석할 수 있을까요, 이 반장님?"

한윤철이 조심스레 말을 걸었다.

어차피 검찰에 송치되면 그 후에는 한윤철이 자연스레 이어받을 수 있을 테니 조금만 기다리면 되는 일이었다. 하지만 왠지 모르게 취조하는 것을 직접 보고 싶었다.

"아, 그러시는 게 좋겠군요. 혹시나 규정에 어긋나지는 않은지 철저히 지켜봐 주십시오. 어느 놈 쪽에 참석하고 싶으십니까?"

용의자는 모두 다섯이었다. 한자리에 모아두면 서로 말을 맞춰 혐의를 부인할 수도 있는 일이었으니 취조는 각각 따로 할 셈이었다.

취조실에는 최소 두 사람의 이상의 수사관이 있어야 하고, 혹시나 모를 가혹 행위를 대비하기 위해 취조 과정을 모두 동영상으로 촬영해야만 한다.

용의자 취조를 맡은 형사들이 비품실에서 비디오카메라를 가져오는 것도 다 그런 이유 때문이었다.

취조 과정에 담당 검사인 한윤철이 참관한다면 나중에 사건이 검찰에 기소되었을 때에 따로 피고인 신문을 하지 않아도 되는 일이었다.

한윤철은 다섯 용의자의 얼굴과 신상정보를 머릿속에 떠올렸다.

아마도 나이가 가장 많은 조영산이 살인을 주도한 인물일 것이다. 하지만 이상하게도 한윤철은 가장 나이가 어린 양하인에게 관심이 갔다.

"양하인이 좋겠군요. 나머지 넷은 다른 수사관님들께서 맡아주십시오."

"양하인이요? 리더인 조영산이 아니고?"

조직적인 범죄를 일으킨 자들을 취조할 때에 가장 많은 정보를 얻을 수 있는 것은 리더를 맡은 자였다.

리더로 보이는 조영산을 택할 거라 생각하던 이준형 반장이 의문을 느끼는 것은 당연한 일이었다.

"예, 양하인의 취조에 참관하겠습니다."

한윤철은 고개를 끄덕이며 대답했다. 이준형 반장은 조금은 떨떠름한 얼굴로 입을 열었다.

"검사님께서 원하시는 대로 하십시오. 양하인은 저쪽 3번 취조실에 있을 겁니다."

"알겠습니다."

한윤철은 곧장 이준형이 가리킨 3번 취조실로 향했다. 반쯤 열려 있는 문을 활짝 열자 세 평 남짓한 좁은 취조실의 모습이 눈에 들어왔다.

취조실의 한가운데에 있는 목재 탁자를 사이에 두고 용의자 양하인과 수사관 한 사람이 서로를 마주하고 있었다.

양하인의 맞은편에 앉아 있는 수사관은 노트북으로 조서를 작성하고 있었다.

다른 수사관은 입구 바로 옆에 등을 기대고 서서 한 손에 비디오카메라를 든 채 두 사람의 모습을 촬영하고 있었다.

"이제 시작하시는 겁니까?"

취조실 안으로 들어서며 한윤철이 물었다. 두 수사관은 거의 동시에 벌떡 일어나며 입을 열었다.

"아, 예! 지금 막 시작하려던 참입니다, 검사님."

두 수사관의 반응에 한윤철은 멋쩍은 듯 뒷머리를 긁적이며 말했다.

"방해하려던 건 아닙니다. 그냥 뒤에서 조용히 참관만 할 테니 바로 진행하셔도 됩니다."

"예! 알겠습니다."

다시 자리에 앉은 수사관이 양하인을 바라보며 천천히 입을 열기 시작했다.

"이름 양하인. 올해로 27세, 길림성 연변조선족 자치구 출신, 맞나?"

체포 과정에서 있었던 접촉사고 때문인지 양하인은 머리에 피 묻은 붕대를 둘둘 감고 있었다.

때가 묻고 검게 탄 얼굴에, 나이보다 대여섯 살은 어려 보이는 동안의 외모, 거기에 호리호리한 체구가 눈에 띄었다.

가장 한윤철의 눈길을 끈 것은 양하인의 눈빛이었다.

얼핏 보기에는 약에라도 취한 듯 흐리멍덩해 보였지만, 이상하게도 짧은 순간 섬뜩한 느낌을 주기도 했다.

한윤철이 양하인의 취조를 참관하겠다고 한 것도 어쩌면 저 눈빛 때문일지도 몰랐다.

"이 ×끼가. 빨랑빨랑 대답 안 할래?"

수사관의 재촉에 고개를 숙이고 있던 양하인이 기어들어 가듯 낮은 음성으로 대답했다.

"예, 맞습니다."

"목소리가 작다. 좀 더 크게 말해라."

"맞습니다."

카메라로 촬영을 하고 있는 수사관, 안용호 형사의 말에 양하인은 조금 더 큰 음성으로 같은 말을 반복했다.

양하인의 맞은편에 있는 수사관, 최철규 형사는 키보드를 두드리며 말을 이었다.

"지금 니가 무슨 일 때문에 체포된지는 잘 알고 있겠지? 시간 끌면 서로 피곤하기만 하니까 우리 짧게 끝내자. 그래, 왜 죽였냐?"

"……."

양하인은 아무런 대답도 하지 않고 더욱 고개를 깊이 파묻었다.

가만히 대답을 기다리던 최철규 형사는 5분이 넘도록 양하인이 아무런 말도 하지 않자 저도 모르게 주먹으로 탁자를 쾅, 내려쳤다.

"인마! 지금 내 말 무시하는 거냐? 아니면 못 들은 척하는 거냐? 당장 대답 안 해?"

"최 형사님. 거친 언행은 용의자에게 압박감을 줄 수 있습니다. 자제해 주세요."

금방이라도 양하인을 후려칠 것 같은 최철규 형사의 기세에 안용호 형사가 조용히 충고했다.

최철규 형사는 헛기침을 하며 주먹을 풀었다.

"크흠흠. 흥분해서 미안하다. 이젠 소리치거나 화내지 않을 테니까 솔직하게 대답해 줘라. 피해자들… 왜 죽인 거냐?"

"……."

"니가 대답하고 싶지 않으면 하지 않아도 좋아. 하지만 묵비권 행사가 마냥 유리할 거라고는 생각하지 마라. 지금 니들이 타고 있던 승합차에서 발견된 흉기나 피 묻은 옷이 발견된 건 알고 있냐? 국과수에 분석 의뢰해 놨으니 빠르면 모레쯤 결과가 나올 거다. 아마도 피해자들의 DNA가 검출되겠지. 그게 무슨 뜻인지는 아무리 돌대가리라도 알 수 있겠지? 지금처럼 입 다물고 있다가 범인이라는 게 밝혀지면 아마도 구형이 꽤나 세게 나올 텐데. 안 그렇습니까, 검사님?"

말투는 부드러웠지만 어째 협박조였다. 하지만 이 정도는 용인할 수 있는 수준이었다.

한윤철은 최철규 형사의 물음에 가만히 고개를 끄덕였다.

"죄질도 악랄하고, 수사에 비협조적이었으니 저라면 아마도 무기징역이나 법정 최고형을 구형할 겁니다."

순간 고개를 푹 숙이고 있던 양하인의 어깨가 움찔했다.

실질적인 폐지국가라고 알려져 있기는 하지만 아직까지 한국의 법정 최고형은 사형이었다.

양하인이 동요하는 것 같자 최철규 형사는 담담한 어조로 말을 이었다.

"들었지? 아무 말도 안 하면 니가 손해라니까. 어쩌면 너랑 같이 잡힌 놈들이 네가 주범이라고 다 뒤집어씌울 수도 있어, 인마. 그건 아니잖아. 안 그래?"

살살 달래는 것이 주효한 것일까. 얼굴을 바닥 깊이 파묻고 있던 양하인이 고개를 들었다.

이내 굳게 닫혀 있던 양하인의 입이 천천히 벌어지기 시작했다.

"나, 난 그냥 시키는 대로 했을 뿐입네다. 전부 다 조씨 아재가 시킨 일이야요."

"조씨? 조영산 말이냐?"

양하인은 고개를 끄덕이며 말을 이었다.

"조씨 아재가 큰돈을 벌게 해주겠다고 했시오."

"그래서 사람을 죽인 거냐?"

"사람 멱따는 거이야 그냥 돼지 멱따는 거랑 똑같다고 생각하면 되는 법이야요."

이어지는 양하인의 말에 최철규 형사의 얼굴이 점점 일그러져 갔다.

최철규 형사는 끓어오르는 분노를 억누르며 천천히 입을 열었다.

"그래서? 죽인 사람들 장기나, 살점들은 다 어떻게 처리한

거냐? 장기야 밀매루트가 있으니 그렇다고 쳐도 왜 살점은 깨끗이 발라 간 거냐?'

이번 연쇄살인 사건의 가장 큰 의문점이 바로 그것이었다.

발견된 피해자의 시신은 거의 뼈만 남겨둔 채, 약간의 살점을 제외하고는 마치 회처럼 깨끗이 발라져 있었다.

어떤 의도가 있지 않고서야 굳이 그렇게까지 잔인한 짓을 할 필요는 없었으니.

자신도 의문을 가지고 있던 일이라 한윤철은 가만히 귀를 기울였다. 하지만 양하인은 고개를 절레절레 흔들었다.

"그, 그건 나도 잘 모릅네다. 그냥 조씨 아재가 필요한 곳이 있다고 다 가져가서리……."

대답은 그렇게 했지만 무언가 숨기는 기색이었다. 최철규 형사는 다시 한 번 물었다.

"진짜로 모르는 일이냐?"

"모릅네다."

"정말로?"

"진짭네다."

양하인은 몇 번이고 같은 대답을 했다.

최철규 형사는 날카로운 눈빛으로 가만히 양하인을 쏘아보았다.

양하인은 자신을 향한 최철규 형사의 눈빛을 피하며 천천히 고개를 숙였다.

한참을 그렇게 양하인을 쏘아보던 최철규 형사가 길게 한숨을 내쉬며 자신의 옆에 놓인 수사 자료철에서 피해자 사진을 꺼내 탁자 위에 늘어놓았다.

"후우— 그건 그렇다 치고⋯⋯. 피해자들 얼굴은 기억하고 있겠지? 모두 7명이다. 이 중에서 너희가 한 짓이 아닌 피해자가 혹시라도 있냐?"

최철규 형사의 질문에 양하인은 사진을 보지도 않고 이상하다는 듯 고개를 갸웃했다.

"아닙네다."

"음? 뭐가 아니라는 거냐?"

"7명이 아닙네다. 내 기억으로는 최소한 1백 명은 훌쩍 넘을 겁네다. 그리고 조씨 아재는 그전에도 비슷한 일을 했었다고 들었습네다."

전혀 예상치 못한 양하인의 말에 최철규 형사와 안용호 형사, 그리고 한윤철은 화들짝 놀라며 소리쳤다.

"뭐, 뭐라고?"

양하인의 취조를 끝낸 최철규 형사는 취조실 밖으로 달려나갔다.

증언의 진위 여부는 차지하고라도 발견하지 못한 피해자

가 더 있을지도 모른다는 것을 이준형 반장에게 보고하기 위해서였다.

지잉—

비디오카메라가 도는 소리가 한윤철의 귓가에 들려왔다. 한윤철은 안용호 형사에게 조심스레 말을 걸었다.

"부탁이 있습니다, 안 형사님."

"부탁이요? 뭔데요?"

"잠깐이라도 좋으니 용의자와 단독 면담을 하고 싶습니다."

한윤철의 말에 안용호 형사는 휘둥그레 눈을 떴다.

"예? 단독 면담이라뇨. 규정위반입니다, 한 검사님."

"그러니 부탁드리는 것 아닙니까? 5분, 아니, 1분이라도 좋습니다. 제발 부탁드립니다."

한윤철은 고개를 깊이 숙였다.

상급자인 한윤철이 자신에게 고개를 숙이자 안용호 형사는 적잖이 당황했다. 이내 안용호 형사는 고개를 끄덕였다.

"아, 알겠습니다. 무슨 일인지는 모르겠지만 딱 1분만 드리겠습니다. 정확히 1분입니다. 그 이상은 못 드립니다."

"예. 그 정도면 충분합니다."

안용호 형사는 내키지 않는다는 얼굴로 취조실 밖으로 나갔다.

한윤철은 천천히 양하인에게 다가가 질문을 던졌다.

"하나만 물어볼 테니 솔직히 대답해 주십시오. 인천항에는 왜 가려던 겁니까?"

양하인이 천천히 고개를 들어 한윤철과 눈을 마주했다.

순간 한윤철은 이유를 알 수 없는 섬뜩한 느낌에 어깨를 움찔했다.

양하인은 흐리멍덩한 눈으로 한윤철을 바라보며 천천히 입을 열었다.

"상부에서 긴급소집이 있었습네다. 인천항 물류단지 보세구역엔에 모이라고 했습네다. 무슨 일인지는 조씨 아재가 잘 알 겁네다."

"상부의 긴급소집?"

나직이 중얼거리던 정찬혁은 그대로 돌아서서 곧장 취조실 밖으로 나갔다.

밖에서 기다리고 있던 안용호 형사가 말을 걸었다.

"다된 겁니까, 검사님?"

한윤철은 대답 대신 질문을 던졌다.

"용의자 조영산. 지금 몇 번 취조실에 있습니까?"

"저쪽 8번 취조실로 알고 있습니다만……. 갑자기 왜 그러십니까?"

안용호 형사의 물음에 한윤철은 아무런 대답도 하지 않고 조영산이 있는 8번 취조실로 향했다.

벌컥 문을 열자 안에 있던 세 사람의 시선이 동시에 한윤철에게로 향했다.

"한 검사님?"

"취조 중에 갑자기 들어오시는 건 규정 위반입니다. 나가주십시오, 한 검사님."

비디오카메라를 들고 있는 수사관이 취조실 안으로 들어오려는 한윤철의 앞을 막았다.

하지만 한윤철은 그대로 수사관을 밀치며 안으로 들어왔다. 곧장 조영산에게 다가간 한윤철은 낮은 음성으로 입을 열었다.

"당신들을 인천항으로 호출한 상부가 어딥니까?"

지금까지 아무런 말도 하지 않고 묵비권을 행사하고 있던 조영산은 가만히 한윤철과 눈을 마주쳤다.

역시나 아무런 대답도 하지 않았다. 한윤철은 천천히 조영산의 귓가에 다가가 조용히 속삭였다.

"구룡회입니까?"

순간 조영산이 어깨를 움찔했다. 대답은 없었지만 그것으로 충분했다.

원하던 대답을 얻은 한윤철은 그대로 휙, 돌아서서 취조실 밖으로 나갔다.

"이게 무슨……?"

조영산의 취조를 맡고 있던 두 수사관은 황당하다는 표정으로 한윤철을 바라보았다.

한윤철은 꾸벅 숙여 사죄하고는 그대로 취조실 밖으로 나갔다.

"방해해서 죄송합니다."

그대로 취조실 문을 닫고 한윤철은 저벅저벅 광역수사대를 벗어나기 시작했다.

막 최철규 형사의 보고를 들은 이준형 반장은 취조실로 달려오다 한윤철을 보고는 말을 걸었다.

"응? 어디 가십니까, 한 검사님?"

"잠시… 다녀올 곳이 있습니다."

한윤철은 그대로 이준형 반장을 스쳐 지나쳤다.

멀어져 가는 한윤철의 뒷모습을 바라보며 이준형 반장은 고개를 갸웃했다.

"왜 저러는 거지?"

*　　　*　　　*

"죽어라!"

커다란 외침과 함께 등에 무언가 날카로운 것이 스쳐 지나쳤다.

왈칵 검은 피가 터져 나왔다. 정찬혁은 아무렇지도 않은 듯 무표정한 얼굴로 빙글 몸을 돌려 피가 묻은 대검을 든 사내의 어깨에 핸드나이프를 박아 넣었다.

"끄아악ー!"

정찬혁은 고통에 찬 비명을 지르는 사내의 복부를 발로 걸어찼다.

사내는 피를 뿜어내며 튕겨 나갔다. 흉흉한 기세로 정찬혁에게 달려들던 사내 너덧이 날아드는 사내를 피하지 못하고 함께 뒤엉켜 쓰러졌다.

등이 크게 베인 것인지 대량의 피가 흘러내려 바닥을 흠뻑 적셨다.

보통 사람이었다면 벌써 쓰러지고도 남았을 심각한 상처였다. 하지만 정찬혁은 그대로 성큼성큼 앞으로 걸어나갔다.

정찬혁이 보세창고 구역에 들어선 지 이미 한 시간여.

그동안 그의 손에 쓰러진 자들은 모두 5백여 명이 넘었다. 하지만 아직까지도 정찬혁의 앞을 막아선 자들은 지금껏 쓰러뜨린 자의 배는 넘어 보였다.

상대는 여간해서는 겁을 먹거나 쉽게 물러서지 않는 연변 거지들이었다.

때문에 정찬혁은 치명적인 급소는 아니지만 일격으로 전

투 불능을 만들 수 있는 급소를 위주로 공격했다.

보통 사람의 서너 배는 월등히 뛰어넘든 육체적 능력을 지닌 정찬혁이었지만 워낙에 연변거지들의 숫자가 많아 온몸에 크고 작은 상처가 가득했다.

한 시간여 동안 보인 정찬혁의 압도적인 무력 때문일까.

연변거지들은 섣불리 먼저 달려들지 못하고 있었다.

온몸이 피투성이가 된 정찬혁은 그 자리에 멈춰 서서 가만히 자신을 둥글게 포위하고 있는 연변거지들을 바라보았다.

"뭣들 하는 거냐? 네놈들이 할 일은 나를 쓰러뜨리는 것 아니었나? 역시 쓰레기는 쓰레기일 뿐인가……."

정찬혁의 싸늘한 음성은 조용한 울림이 되어 주위의 연변거지들에게 전해졌다.

그 말이 머뭇거리던 연변거지들의 도화선에 불을 붙였다. 연변거지들은 동시에 고함을 치며 정찬혁을 향해 달려들었다.

"우, 우아아아!"

"죽어라! 망할 자식아!"

정찬혁의 입꼬리가 살짝 말려 올라갔다.

천천히 핸드나이프를 들어 올린 정찬혁은 수많은 연변거지을 향해 조금의 망설임도 없이 달려들었다.

스파팍!

섬뜩한 파공성과 함께 핏줄기가 허공으로 튀어 올랐다. 잘린 손가락이 바닥에 후드득 떨어졌다.

정찬혁은 쉴 틈 없이 눈앞의 상대를 베고, 찌르고, 후려쳤다. 수많은 연변거지가 피를 흘리며 쓰러졌다.

하지만 정찬혁도 무사한 것은 아니었다. 온몸이 크고 작은 상처로 가득했다.

맹수가 크게 베어 문 것 같이 살점이 움푹 떨어져 나간 상처도 있었다. 흘러내린 피가 바닥을 흥건히 적셨다.

벌써 두 시간이 넘도록 정찬혁은 단 한순간도 쉬지 않고 몸을 움직였다.

땀이 흐르지는 않았지만 온몸에서 붉은 증기가 피어올랐다.

수많은 연변거지와 정찬혁이 흘린 피로 바닥은 흥건히 젖어 있었다.

짙은 피비린내가 코끝을 어지럽혔다. 머리에 상처라도 난 것인지 피가 눈으로 흘러들었다. 순간적으로 시야가 흐려지고 눈앞이 붉게 변했다.

"×발! 이 괴물 같은 놈이!"

정찬혁이 눈을 질끈 삼은 순간, 날카로운 외침과 함께 연변거지 수십 명이 사방에서 일제히 달려들었다.

급히 눈을 떴지만 아직까지 시야가 회복되지 않았다.

정찬혁은 그대로 바닥을 박차고 뛰어 올랐다. 대검과 쇠파이프가 정찬혁의 뒤를 쫓아 날아들었다.

픽! 서컥!

둔탁한 타격음과 파육음이 동시에 터져 나왔다. 정강이 어림을 깊이 베이고, 옆구리를 호되게 맞은 것 같았다.

정찬혁은 몸의 균형을 잃고 튕겨 나갔다.

쿠당탕!

그 바람에 연변거지 몇몇이 튕겨 나오는 정찬혁의 몸을 피하지 못하고 몸으로 받아냈다.

자신과 몸이 닿은 연변거지들에게 핸드나이프를 찔러 넣는 것과 동시에 정찬혁은 벌떡 몸을 일으켰다.

하지만 제대로 서지 못하고 한차례 크게 휘청였다. 허연 정강이뼈가 보일 정도로 깊이 베인 상처 때문이었다.

상태로 보아 한동안은 제대로 움직여지지 않을 것 같았다. 정찬혁은 그 자리에 멈춰 선 채 핸드나이프를 고쳐 쥐었다.

순간.

정찬혁은 갑작스레 눈앞에 핑 도는 것 같은 느낌에 비틀거렸다.

주위의 연변거지들은 그 순간을 놓치지 않고 정찬혁을 향해 달려들었다.

퍼억! 으드득! 푸콱!

둔탁한 타격음과 뼈가 부러지는 소리, 그리고 무언가가 몸속을 파고드는 섬뜩한 파육음까지.

수십여 개의 치명적인 공격이 정찬혁의 몸을 유린했다. 정찬혁은 몸에 너덧 개의 칼을 꽂은 채 그 자리에 털썩 쓰러졌다.

통증은 느껴지지 않았다. 하지만 이상하게도 손가락 하나 까딱할 수 없었다.

몸이 굳기라도 한 듯 움직여지지 않았다. 문득 정찬혁의 머릿속에 신유진이 했던 말이 떠올랐다.

"격렬한 활동만 하지 않는다면 이틀 정도는 너끈히 움직일 수 있을 거예요."

격렬한 활동.

벌써 두 시간이 넘도록 쉬지 않고, 수백 명이 넘는 연변거지들과 싸워왔으니 임시 결계의 한계 시간이 넘어버린 것은 당연한 일인지도 몰랐다.

정찬혁은 씁쓸한 미소를 지으며 스륵 두 눈을 감았다.

연변거지들은 쓰러진 채 꼼짝도 하지 않는 정찬혁에게 선불리 다가갈 수 없었다. 아니, 다가가고 싶지 않았다.

운 좋게 정찬혁을 죽일 수 있었지만, 혼자서 2천이 넘는 연변거지들을 절반 이상 쓰러뜨린 믿기지 않는 압도적인 무력을 목격한 탓이었다.

쓰러진 정찬혁을 가만히 바라보던 연변거지들은 이내 슬금슬금 뒤로 물러나기 시작했다.

생각 같아서는 당장에라도 이곳을 벗어나고 싶었지만 명령을 어겼다간 어떤 일을 당할지 모르는 터라 연변거지들은 자신들이 매복하고 있던 자리로 되돌아가려 했다.

그때였다.

완전히 죽은 줄 알았던 정찬혁이 천천히 몸을 일으켰다.

물러나던 연변거지들의 눈이 찢어져라 크게 치켜떠졌다. 도저히 믿기지 않는 일이었다.

몸에 너덧 개의 칼을 꽂고, 오른쪽 어깨가 완전히 함몰된 데다, 왼쪽 정강이는 뼈가 보일 정도로 깊이 베인 정찬혁이었다.

하지만 이미 목숨이 끊어졌어야만 하는 정찬혁이 스스로 몸을 일으켰으니.

정찬혁은 무표정한 얼굴로 자신의 몸에 꽂혀 있는 날붙이들을 하나하나 뽑아내기 시작했다.

연변거지들의 얼굴이 점점 새파랗게 질려가다 못해, 허옇게 탈색되어 갔다.

채챙!

정찬혁은 뽑아낸 날붙이들을 바닥에 내던지고는 발아래에 떨어져 있는 피에 절은 핸드나이프를 집어 들었다.

그리곤 두려움에 가득 찬 눈으로 자신을 바라보는 연변거지들을 향해 조용히 입을 열었다.

"아무래도… 이 몸뚱어리는 아직 죽을 때가 되지 않은 모양이로군."

정찬혁은 아직 제대로 움직이지 않는 왼쪽 다리를 바닥에 질질 끌며 연변거지들에게 다가갔다.

연변거지들은 움찔거리며 뒷걸음질 치기 시작했다. 정찬혁을 쓰러뜨려야 한다는 명령은 어느새 머릿속에서 완전히 사라진 후였다.

"으, 으아아!"

"괴, 괴물이다!"

점점 가까이 다가오는 정찬혁의 모습에 연변거지들은 패닉에 빠져 두려움에 가득 찬 비명을 토해내며 후다닥 달아나기 시작했다.

마지막까지 남아 있던 7백여 명의 연변거지는 순식간에 저 멀리 정찬혁의 시야에서 사라져 버렸다.

달아나는 연변거지들의 뒷모습을 물끄러미 바라보던 정찬혁은 이내 원래의 목적지인 35번 창고를 향해 걸음을 옮기기 시작했다.

　지이익—

　여전히 움직이지 않는 왼쪽 다리가 바닥을 끄는 소리가 차가운 바닷바람 소리를 뚫고 조용히 울려 퍼졌다.

*　　*　　*

　밖에서 전해지는 고통에 찬 비명과 희미한 피비린내에 신유진은 두 눈을 질끈 감았다.

　귀를 막고 싶었지만 두 손이 묶여 있어서 그럴 수 없었다. 날카로운 비명은 쉬지 않고 신유진의 귓가를 어지럽혔다.

　"찬혁 씨……."

　나직이 중얼거리며 신유진은 고개를 깊이 무릎 사이로 파묻었다.

　조금이나마 비명이 덜 들리는 것 같았다. 신유진은 더욱 깊이 얼굴을 무릎 안으로 파묻었다.

　얼마나 시간이 지났을까.

　비명이 잦아들었다. 기괴하리만치 조용한 침묵의 시간이 찾아왔다.

　신유진은 무릎 사이로 파묻었던 고개를 천천히 들었다. 순간 날카로운 바늘이 심장을 찌르는 것 같은 통증이 느껴졌다.

신유진은 저도 모르게 낮은 신음을 토해내며 그대로 서서히 의식을 잃어갔다.

"으윽! 차, 찬혁 씨……."

흐려져 가는 시야 속에서 정찬혁이 쓰러져 있는 것을 본 것 같은 착각이 들었다.

신유진은 의식의 끈을 놓으며 속으로 나직이 중얼거렸다.

'일어나요, 찬혁 씨…….'

부스럭! 부스럭!

누군가 자신의 몸을 만지는 것 같은 기분을 느끼며 신유진은 천천히 눈을 떴다.

누가 그런 것인지 손발을 묶고 있던 굵은 밧줄이 모두 풀어 헤쳐져 있었다.

천천히 몸을 일으킨 신유진은 바닥에 있는 밧줄을 가만히 바라보았다.

이내 신유진은 고개를 들어 주위를 둘러보았다.

어둠 속에서 검은색 정장을 입은 여성이 천천히 걸어 나왔다.

신유진은 저도 모르게 움찔하며 뒷걸음질 쳤다. 다가오는 여성을 향해 경계심이 가득한 얼굴로 질문을 던졌다.

"누, 누구시죠?"

어둠 속에서 모습을 드러낸 여성은 신유진의 너덧 걸음 앞에서 멈춰 섰다. 검은색 정장의 여성, 린이 천천히 입을 열었다.

"그자가 왔으니 당신의 미끼로서의 역할은 끝났습니다."

"그자라면… 찬혁 씨 말인가요?"

신유진의 물음에 린은 대답하지 않고 나직이 경고했다.

"목숨이 아깝지 않다면 더 이상 깊이 관여하지 마십시오. 그냥 이대로 돌아가시길……."

린은 그대로 돌아서서 다시 어둠 속으로 걸음을 옮겨갔다.

물끄러미 린의 뒷모습을 바라보던 신유진은 한참을 그 자리에 가만히 서 있었다. 그러다 무언가를 결심한 듯 린의 뒤를 쫓기 시작했다.

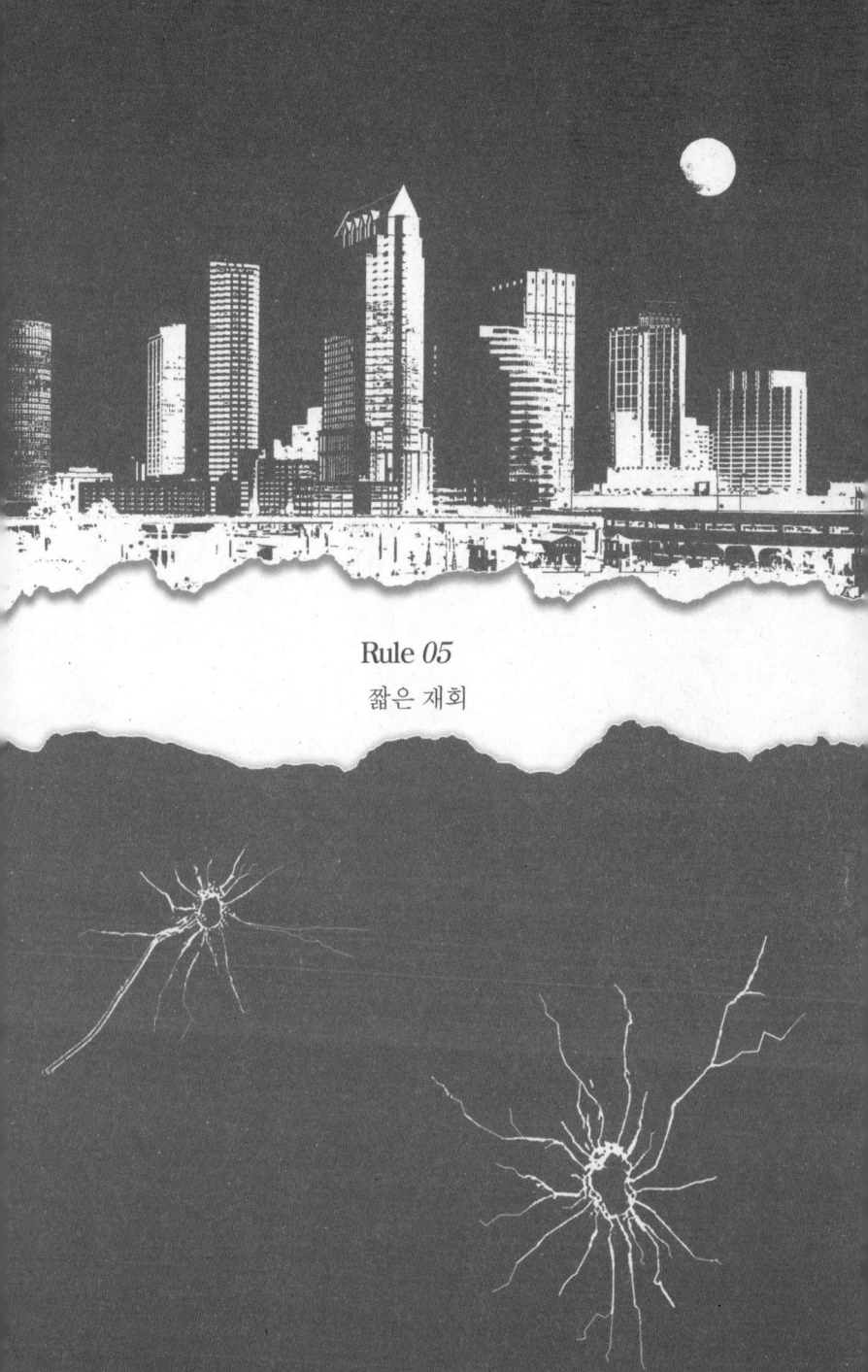

Rule *05*

짧은 재회

정찬혁은 바닥에 쓰여 있는 커다란 숫자 '35'를 가만히 내려다보았다.

　고개를 들자 상당히 넓어 보이는 창고가 눈에 들어 왔다. 대형 컨테이너 넉 대가 일렬로 통과할 수 있을 정도로 입구가 컸다.

　바닥과 마찬가지로 입구에도 '35'라는 숫자가 커다랗게 쓰여 있었다.

　정찬혁은 입구 앞에 멈춰 서서 힐끗 뒤를 돌아보았다. 길게 이어진 피의 길이 보였다.

제대로 움직이지 않는 왼쪽 다리를 질질 끌고 오느라 생긴 혈흔이었다. 마치 지금까지 자신이 걸어온 인생 같다는 생각이 들었다.

"이런 때에 어울리지 않게 무슨 감상적인 생각이지?"

씁쓸한 미소를 지으며 정찬혁은 천천히 35번 창고 안으로 걸음을 옮겨갔다.

이곳까지 오는 동안 약간이나마 회복된 것인지 조금 전까지는 아예 움직이지 않던 왼쪽 다리를 꿈틀거릴 수 있었다.

창고 안은 불이 하나도 켜져 있지 않아 어두컴컴했다. 하지만 어둠 속에서도 정찬혁은 조금의 불편함 없이 걸음을 옮기고 있었다.

여기저기 쌓여 있는 대형 컨테이너 사이를 지나 정찬혁은 조금씩 창고 깊숙이 걸어 들어갔다.

"어서와, 정찬혁! 꼬락서니를 보아하니 밖에서 꽤나 고생을 했나보네? 내가 준비한 환영 파티는 어땠어? 나름 신경 써서 준비한 건데 마음에 들었으면 좋겠네."

누군가의 음성이 사방에서 진동했다. 걸음을 멈춘 정찬혁은 천천히 주위를 둘러보았다.

가득 쌓여 있는 컨테이너 밖에는 아무것도 보이지 않았다. 이내 상대의 음성이 뒤이어졌다.

"그 상태로 용케 여기까지 왔네. 그렇게나 그 계집애가 소중한 존재였던 거야?"

정찬혁은 아무런 대답도 하지 않고 가만히 귀를 기울여 목소리가 들려온 방향을 가늠했다.

하지만 쌓여 있는 컨테이너 때문에 사방에서 소리가 부딪치고, 공명했다. 도무지 방향을 가늠할 수 없었다.

대형 물류창고를 약속장소로 잡은 것은 이런 부가효과를 노린 것이었다.

"대체 무슨 소릴 하는지 모르겠군. 난 그저 네 초대에 응했을 뿐이다."

정찬혁은 날카로운 눈빛으로 주위를 둘러보며 천천히 입을 열었다.

상대가 코웃음 치며 앙칼진 어조로 말했다.

"크크크웃! 그런 뻣뻣한 성격은 전혀 변하지 않았네. 하긴, 그러니 이렇게 혼자서 찾아온 거겠지만."

상대는 마치 정찬혁을 잘 알고 있다는 투였다. 그러고 보니 왠지 모르게 익숙한 음성이었다.

정찬혁은 가만히 기억을 더듬었다. 이내 한 여성의 모습이 머릿속에 떠올랐다. 정찬혁은 한쪽 방향을 쳐다보며 입을 열었다.

"그 목소리. 기억이 나는군. 네이린… 이었던가?"

"이제야 기억 난 거야? 이거 섭섭한걸? 5년이나 한 방에서 같이 먹고, 자고 한 사이잖아."

"시답잖은 농담은 그만하지. 어차피 서로 바쁜 몸 아니던 가?"

"하긴. 빨리 끝내는 게 서로를 위해서도 좋겠지?"

메이린의 말이 끝나자마자 딸칵, 하는 소리와 함께 창고 전 체가 훤히 밝아졌다.

갑작스러운 밝은 빛에 정찬혁은 손을 들어 눈을 살짝 가렸 다.

역시나 어둠 속에서 정찬혁이 주시하던 곳에 메이린이 서 있었다.

쌓여 있는 컨테이너 맨 위에 서 있던 메이린은 10여 미터는 되어 보이는 높이에서 훌쩍 뛰어내렸다.

마치 다람쥐 같은 날렵한 몸동작으로 바닥에 착지한 메이 린은 가만히 정찬혁을 바라보았다.

"너 혼자 온 건가?"

정찬혁의 물음에 메이린은 입꼬리를 말아 올리며 대답했 다.

"설마?"

메이린은 엄지와 중지를 마찰시켰다.

딱, 하는 소리와 함께 컨테이너 사이에서 독특한 차림새를 한 세 사람이 모습을 드러냈다. 모두 정찬혁이 알고 있는 자들이었다.

"샤오메이, 웨이츠, 그리고 스티브인가?"

메이린을 비롯해 네 사람 모두 정찬혁과 함께 같은 훈련소에서 훈련을 받은 자들이었다.

"이런 식으로 만나게 될 줄은 몰랐는데. 오랜만이다, 정찬혁."

날씨에 어울리지 않는 반팔 꽃 남방의 사내, 스티브가 씨익 미소를 지으며 인사를 건넸다. 뒤이어 샤오메이의 독설이 날아들었다.

"여전히 혼자서만 고고한 척이네. 재수 없는 녀석."

"너 오늘… 여기서 죽는다."

웨이츠가 무뚝뚝한 말투로 정찬혁의 죽음을 예견했다. 정찬혁은 피식 미소를 지으며 말했다.

"나 하날 제거하기 위해 암룡이 넷이나 모이다니. 이거야 영광이라고 해야 하나?"

메이린은 가만히 정찬혁을 바라보며 대답했다.

"난 웨이 밍 같은 멍청한 실수는 하고 싶지 않거든. 어떻게 미친 개, 웨이 밍을 쓰러뜨렸는지는 모르겠지만 우리 넷은 힘들 거야. 보아하니 꽤나 지친 것 같기도 하니까 말이야."

"그렇긴 하겠군."

"너무 원망하진 말아. 난 최대한 이쪽 피해가 적게 널 제거하고 싶은 것뿐이니까."

정찬혁은 천천히 핸드나이프를 들어 올려 메이린에게 겨누었다.

"대화는 이 정도로 끝내기로 하지. 어차피 너희가 원하는 건 내 목숨이지 않나?"

순간 메이린의 얼굴에 시리도록 싸늘한 미소가 지어졌다. 메이린은 천천히 정찬혁에게 다가가며 나직이 중얼거렸다.

"그러면 사양하지 않고……."

순간 메이린의 모습이 꺼지듯 시야에서 사라졌다.

정찬혁이 고개를 돌리자 어느새 바로 앞까지 다가온 메이린이 양손에 감고 있는 와이어를 펼치며 말을 이었다.

"받아가도록 하지."

*　　*　　*

"그러니까 지금 보세구역 창고에는 아무도 없다는 말씀인가요? 직접 확인해 보셨습니까? 예, 될 수 있으면 좀 가서서 확인해 주십시오. 제가 지금 그쪽으로 가고 있기는 한데 너무 차가 막혀서요. 예. 부탁드립니다."

한윤철은 연신 고개를 꾸벅이다가 전화를 끊었다.

통화 상대는 인천항의 물류단지의 관리를 맡고 있는 경비

회사였다.

연쇄살인 사건의 용의자인 양하인에게서 일전에 사라졌다가 다시 돌아온 연변 조선족들이 명령을 받고 인천항 물류단지 내의 보세구역 창고로 모인다는 정보를 얻은 한윤철은 앞뒤 생각지 않고 곧장 인천항으로 향했다.

하지만 퇴근시간이 임박한 터라 교통체증이 심각했다. 때문에 경비 회사에 전화를 해 보세구역을 좀 확인해 봐달라고 부탁을 한 것이었다.

그러마고 대답을 하기는 했지만 상대의 태도로 보아 부탁을 들어줄 것 같지는 않았다.

결국 한윤철 자신이 직접 가서 확인해 봐야 한다는 뜻이었다. 하지만 정체구간은 쉽게 뚫릴 것 같지 않았다.

한윤철은 초조한 얼굴로 핸들을 잡았다 놓았다 하며 신호가 빨리 바뀌기를 기다렸다.

"제발 좀 빨리 가자. 빨리……."

*　　　*　　　*

끼익―

보세구역 창고의 진입로에 최고급 세단이 멈춰 섰다.

그 앞에서 기다리고 있던 린이 세단으로 다가가 뒷좌석 문을 열었다.

전통 치파오를 입은 한 노인이 자리에 앉아 있었다. 린은 노인에게 허리를 깊이 숙였다.

"오셨습니까, 첸 대인."

조수석에 앉아 있던 사내가 차에서 내려 트렁크에 있던 휠체어를 꺼냈다.

치파오 노인, 첸은 지팡이를 짚고 린의 부축을 받아 휠체어에 앉았다.

"녀석들은 지금 어디 있는 게냐, 린. 안내해라."

"예, 대인. 이쪽입니다."

천천히 몸을 일으킨 린은 천천히 걸음을 옮기기 시작했다.

트렁크를 열었던 사내가 뒤에 서서 조심스레 휠체어를 밀어, 린의 뒤를 쫓았다.

첸은 이미 어둠이 내려앉은 하늘을 바라보며 길게 한숨을 내쉬었다.

*　　　*　　　*

창고가 워낙 넓은 탓에 신유진은 길을 잃었다. 컨테이너 사이를 이리저리 오가던 신유진은 길게 한숨을 내쉬며 그 자리에 풀썩 주저앉았다.

그때였다.

저 멀리서 누군가 대화를 나누는 소리가 들려왔다. 천천히 몸을 일으킨 신유진은 귀를 기울여 소리가 들려온 방향으로 걸음을 옮기기 시작했다.

"사양하지 않고 받아가도록 하지."

신유진이 막 천장 높이까지 쌓여 있는 컨테이너 사이를 빠져 나왔을 때였다.

살기 어린 낮은 음성과 함께 몇몇 사람의 모습이 눈에 들어왔다.

신유진은 저도 모르게 움찔하며 컨테이너 뒤로 몸을 숨겼다. 들키지 않게 힐끔 고개를 내밀어 눈앞에 나타난 사람들의 모습을 확인했다.

살기가 담긴 흉흉한 눈빛을 뿜어내며 서로 다투고 있는 자들은 모두 다섯이었다.

그중 두 사람은 신유진이 아는 얼굴이었다.

하나는 자신을 이곳에 잡아 가둔 반팔 꽃 남방의 사내, 스티브였고 다른 하나는 온몸이 피투성이가 된 참혹한 모습을 한 정찬혁이었다.

"찬혁 씨……. 나 때문에……."

정찬혁의 모습은 말 그대로 참혹했다. 얼핏 보기에도 온몸에는 수십여 개의 크고 작은 상처가 있었다.

그중에서도 가장 심한 것은 허연 뼈가 드러나 있는 왼쪽 정강이의 상처와 오른쪽 어깨에서 왼쪽 옆구리 부근까지 길고 깊게 베인 검상이었다.

정찬혁이 보통 사람의 수십 배는 넘는, 경이적인 회복력을 지니고 있었지만 몇 시간이나 계속 쉬지 않고 격렬하게 움직인 탓에 상처가 회복될 겨를이 없었다. 게다가 계속해서 상처가 쌓여만 갔으니.

당장에라도 달려가 정찬혁의 상처를 회복시켜 주고 싶었다.

하지만 아무런 힘이 없는 신유진은 그저 정찬혁의 걸림돌밖에는 되지 않을 터였다.

그것을 스스로도 잘 알고 있는 신유진은 컨테이너 뒤에 몸을 숨긴 채 그저 바라고 바랄 뿐이었다.

"이겨요, 찬혁 씨."

스팟! 스파팟!

낮은 파공성과 함께 다이아몬드 가루로 코팅한 와이어가 정찬혁에게 날아들었다.

그저 슬쩍 와이어에 닿기만 했을 뿐인데 피부가 찢어지고 근육이 갈라졌다.

와이어가 몸을 감기라도 했다면 뼈째 절단될 것 같았다.

정찬혁은 불편한 다리로 이리저리 몸을 피해 치명상만은 면하고 있었다.

신경 써야 할 것은 메이린의 와이어 공격만이 아니었다.

메이린의 공격 사이사이의 빈틈을 메꾸듯 스티브의 날을 잘 벼른 아미나이프가 섬뜩한 빛을 뿜어내며 날아들었다.

정면의 두 사람, 메이린과 스티브의 공격을 피하는 것만으로도 벅찰 지경이었는데 배후의 두 사람, 샤오메이와 웨이츠가 가세하자 정찬혁은 일방적인 수세에 몰렸다.

몸 상태가 멀쩡하면 모를까, 2천여 명이 넘는 연변거지를 상대하느라 온몸의 기력을 소진한 정찬혁이었다.

완전하지는 않았지만 치명타를 피하는 것만으로도 용할 지경이었다.

사실 조금 전 정찬혁이 연변거지들을 상대하다 쓰러졌을 때에 자칫하다간 그대로 죽어버렸을지도 모르는 일이었다.

두 시간이 넘도록 단 한순간도 쉬지 않고 격렬한 싸움을 계속 벌인 탓에 임시 결계의 제한 시간이 빠른 속도로 소모되어 한계에 달해 현기증을 느끼며 쓰러진 것이었다.

만약 정찬혁이 몇 발짝만 뒤에서 쓰러졌다면 신유진과의 한계 거리 밖이라 영원히 깨어나지 못하고 죽음에 이르렀을 것이다.

그 몇 걸음 차이로 정찬혁은 완전한 죽음의 위기에서 간신히 깨어날 수 있었던 것이다.

천만다행이랄 수 있는 것이었지만 다시 눈을 뜬 지 채 한 시간도 지나지 않아 정찬혁은 또 다시 위기에 빠져버렸다.

언제까지고 계속 이렇게 피하고만 있을 수는 없는 일이었다.

피로를 모르는 죽은 몸이었지만 이번에는 달랐다.

다시 한 번 죽음의 직전에 이르렀던 탓인지 시간이 지날수록 점점 지쳐 가는 것 같았다.

거칠어진 호흡이 그것을 알려주었다. 이런 상황에서 치명적인 상처를 입게 된다면 세 번째의 죽음을 맞이하게 될지도 모르는 일이었다.

하지만 이대로 시간을 계속 보낸다고 해서 상황이 나아질 가능성은 없었다. 메이린들보다 자신이 먼저 지쳐 가고 있었으니.

상황을 타개하려면 목숨을 건 도박을 해야만 했다.

결심을 굳힌 정찬혁의 눈빛이 사뭇 날카로워졌다. 정찬혁의 변화를 가장 먼저 눈치챈 웨이츠가 다른 세 사람에게 경고했다.

"녀석이 뭔가 노리고 있다."

순간 메이린이 와이어를 길게 풀어 채찍처럼 정찬혁의 머리를 노리고 내려쳤다.

정찬혁은 핸드나이프를 들어 올려 날아드는 와이어를 막았다.

피피피핑—

와이어가 핸드나이프의 날에 몇 번이나 감겼다.

메이린은 그대로 힘껏 와이어를 잡아 당겼다. 안 그래도 부상 때문에 팔 힘을 온전히 쓸 수 없었던 정찬혁은 메이린의 당기는 힘에 핸드나이프를 놓쳐 버렸다.

"잡았다!"

순간 스티브가 쾌재를 부르며 아미나이프를 정찬혁의 가슴께로 내질렀다.

푸콱—

섬뜩한 파육음과 함께 아미나이프가 정찬혁의 심장 어림을 꿰뚫었다.

아미나이프는 손잡이 부분만을 남기고 정찬혁의 심장 부근을 깊이 파고들었다. 날 끄트머리가 등으로 살짝 솟아나올 정도였다.

스티브는 입꼬리를 살짝 말아 올리며 아미나이프를 회수하기 위해 손에 힘을 줬다. 하지만.

"아무래도… 도박은 내 승리 같군."

입가로 한줄기 피를 흘리며 성찬혁은 아미나이프를 잡은 스티브의 손목을 꽉 움켜쥐었다.

우드득!

정찬혁은 스티브의 손목을 꺾고 어깨관절을 뽑아버렸다.

전혀 예상치 못한 상황에 저항할 생각도 못하고 있던 스티브는 낮은 비명을 토해냈다

"크악!"

정찬혁의 공격은 그것으로 끝이 아니었다.

물 흐르듯 부드러운 관절기로 스티브의 양쪽 어깨관절을 탈구시키고 슬개골(膝蓋骨)을 강하게 후려쳐 다리를 부러뜨렸다.

빠악—! 우드득!

둔탁한 타격음과 함께 스티브는 더 이상 두 다리로 서 있지 못하고 그대로 풀썩 쓰러졌다.

정찬혁은 쓰러진 스티브의 목 뒤를 수도로 강타했다. 스티브는 강한 충격을 받고 그대로 혼절해 버렸다.

정찬혁이 스티브를 완전히 무력화시키는 사이, 다른 세 사람은 꼼짝도 하지 못했다.

아미나이프가 심장을 꿰뚫었음에도 멀쩡히 움직이는 정찬혁의 모습에 너무도 놀란 탓이었다.

정찬혁은 아미나이프를 뽑아내지도 않고 그대로 샤오메이를 향해 달려들었다.

"샤오메이, 위험!"

가장 먼저 제정신을 차린 웨이츠가 버럭 소리치며 샤오메이의 앞을 막아섰다.

정찬혁은 그대로 가슴에 틀어박혀 있는 아미나이프를 뽑아 들고는 웨이츠의 왼쪽 어깨관절에 쑤셔 박았다. 그리곤 어깨로 명치를 힘껏 들이받았다.

빠각—

늑골이 함몰되는 소리와 함께 커다란 덩치의 웨이츠가 힘없이 벌렁 뒤로 넘어갔다.

정찬혁은 웨이츠의 어깨에 틀어박힌 아미나이프를 힘껏 짓밟으며 그 반동으로 샤오메이를 향해 달려들었다.

피핑—

막 샤오메이를 후려치려는 순간, 귓가로 날아든 날카로운 파공성에 정찬혁은 목적을 이루지 못하고 빙글 몸을 회전시켜 날아드는 와이어를 피해냈다.

"어, 어떻게……!"

샤오메이의 위기에 저도 모르게 공격을 한 메이린이었지만 아직까지 제정신을 차린 것은 아니었다.

메이린은 반쯤 넋 나간 얼굴로 정찬혁을 가만히 바라보고 있었다.

메이린의 도움으로 간신히 위기를 모면한 샤오메이는 저도 모르게 몇 걸음 뒤로 물러났다.

"괴, 괴물……!"

샤오메이의 음성은 파르르 떨리고 있었다. 정찬혁은 아무렇지도 않은 듯 나직이 중얼거렸다.

"괴물이라……. 그럴 지도 모르겠군. 크윽!'

싸늘한 미소를 지으며 정찬혁은 천천히 샤오메이를 향해 다가갔다.

뒷걸음질 치던 샤오메이는 이내 컨테이너에 등이 닿아 더 이상 물러나지 못했다.

정찬혁은 손을 뻗어 샤오메이의 목덜미를 콱 움켜쥐었다.

"컥!'

숨이 막힌 샤오메이의 짧은 신음이 터져 나왔다.

아직까지 넋 나간 얼굴을 한 메이린은 본능적으로 와이어를 내뻗었다.

푸슉—

정찬혁을 향해 곧게 뻗어나간 와이어는 그대로 어깻죽지에 틀어박혔다.

와이어를 타고 검은 피가 주룩 흘러나오기 시작했다. 정찬혁은 아랑곳하지 않고 샤오메이의 목덜미를 움켜쥔 손에 힘을 줬다.

버둥거리던 샤오메이는 얼마 지나지 않아 그대로 힘없이 고개를 떨궜다.

손을 풀어내자 샤오메이는 미끄러지듯 털썩 쓰러졌다. 정찬혁은 어깻죽지에 박힌 와이어를 뽑아 들고 힘껏 잡아당겼다.

"꺄앗!"

비명을 지르며 힘없이 끌려오던 메이린은 와이어가 연결된 장갑을 벗어 던졌다.

그리곤 후다닥 달아나기 시작했다. 정찬혁은 달아나는 메이린의 뒷모습을 바라보며 나직이 중얼거렸다.

"추하군."

정찬혁은 비틀거리며 자신의 핸드나이프가 떨어진 곳에 다가갔다.

핸드나이프를 집어든 정찬혁은 그대로 메이린을 향해 그것을 던졌다.

파칵―

"큭!"

핸드나이프는 정확히 메이린의 허벅지에 틀어박혔다.

메이린은 통증을 이기지 못하고 짧은 신음을 토해내며 쿠당탕, 바닥을 나뒹굴었다.

정찬혁은 천천히 메이린을 향해 다가갔다.

"으, 으아아! 오, 오지 마! 오지 말란 말이야!"

메이린은 버럭 소리치며 허벅지에 틀어박힌 핸드나이프를

뽑아 들고 정찬혁에게 던졌다.

정찬혁은 자신의 얼굴로 날아드는 핸드나이프를 피할 생각도 하지 않고 그대로 손을 들어올렸다.

핸드나이프는 그대로 손목에 틀어박혔다. 그렇게 피를 많이 흘렸는데도 검은 피가 터져 나왔다.

정찬혁은 핸드나이프를 뽑아내지 않고 천천히 메이린에게 다가갔다.

메이린은 제정신을 완전히 놓아버린 것 같았다. 정찬혁이 다가서자 미친 듯 울부짖으며 소리쳤다.

"오지 마! 제발 오지 말란 말야……."

이성의 범주를 아득히 넘어서는 것을 목격한 탓에 유아퇴행이라도 온 것인지 메이린은 눈물, 콧물을 쏟아내며 경기를 일으키고 있었다.

"내가 무서운 건가, 메이린? 하긴, 아무리 훈련을 받아도 그 여린 마음은 도무지 강해지지 않았으니. 훈련을 끝까지 버틴 게 신기했었지."

메이린을 가만히 내려다보던 정찬혁은 나직이 한숨을 내쉬며 천천히 돌아섰다.

이 근처 어딘가에 갇혀 있을 신유진을 찾아야 했다.

정찬혁은 손목에 박혀 있는 핸드나이프를 뽑아 주머니에 아무렇게나 쑤셔 넣고는 비틀비틀 걸음을 옮기기 시작했다.

한참 동안 컨테이너 뒤에 숨어서 양손으로 귀를 막고, 눈을 질끈 감고 있던 신유진은 주위가 조용해진 것 같자 천천히 눈을 떴다.

귀를 막은 손을 떼자 누군가 다리를 끌며 걷는 소리가 들려왔다.

신유진은 컨테이너 너머로 빼꼼 고개를 내밀었다.

정찬혁이 천천히 다가오고 있었다. 상대하던 자들은 모두 쓰러져 있었다. 신유진은 안도의 한숨을 내쉬며 천천히 컨테이너 뒤에서 나왔다.

"찬혁 씨."

신유진은 그대로 달려가 정찬혁의 품에 안겼다. 갑작스러운 신유진의 등장에 정찬혁은 무표정한 얼굴로 물었다.

"어떻게 된 거냐? 갇혀 있는 게 아니었나?"

신유진은 눈가에 맺힌 눈물을 훔쳐내며 고개를 끄덕였다.

"네. 갇혀 있었어요. 그런데 조금 전에 어떤 여자가 절 풀어줬어요. 찬혁 씨가 찾아왔으니 미끼 역할은 이제 끝났다고, 그냥 돌아가라더군요."

"여자?"

"네. 170 정도 되는 늘씬한 기에, 머리가 길고 조금은 눈초리가 날카로워 보이는 인상이었어요. 혹시 아는 분인가요?"

비슷한 인상착의를 가진 여성을 하나 알고 있었다. 정찬혁은 저도 모르게 나직이 중얼거렸다.

"린… 인가?"

확신할 수는 없었다. 게다가 린이라면 자신과 관련된 신유진을 무사히 풀어줄 리가 없지 않은가.

자신을 향해 마지막 순간의 방아쇠를 당기려 했던 린의 모습을 정찬혁은 뚜렷하게 기억하고 있었다.

린이 아니라면 신유진을 풀어준 것은 누구란 말인가. 도무지 알 수 없는 일이었다.

"이제 다 끝난 건가요?"

생각에 잠긴 정찬혁의 귓가에 신유진의 조심스러운 질문이 날아들었다.

정찬혁은 가만히 고개를 내저었다.

"아니. 이제부터가 시작일 거다. 암룡 네 사람이 한자리에 모인 일은 내가 아는 한에는 단 한 번도 없었던 일이다. 그만큼 날 제거하는 것을 중요하게 여겼다는 뜻이니 이번 한 번으로 끝나지는 않을 거다."

"그럼 앞으로 어쩌죠?"

"글쎄."

정찬혁은 골똘히 생각에 잠겼다.

앞으로도 계속 구룡회가 자신을 제거하려 든다면 악마의

기운을 회수하는 일에 큰 걸림돌이 될 것은 틀림없는 일이었다.

정찬혁이 새로운 생명을 얻을 수 있는 확률이 낮아진다는 뜻이었다.

하지만 달리 생각해 보면 정찬혁으로서는 환영할 만한 일일지도 몰랐다.

정찬혁의 궁극적인 목적은 새로운 생명을 얻는 것이 아니었다.

절대로 잊을 수 없는 원한의 대상, 첸을 찾아 자신의 손으로 직접 그를 죽이는 일이었다.

구룡회를 계속 상대하다보면 언젠가는 첸에게 닿을 수도 있는 일이니 기회라고 생각할 수도 있었다.

하지만 문제는 신유진이었다. 정찬혁의 생명을 담보로 잡고 있는 것이 바로 신유진이었으니.

아무리 생각해 봐도 도무지 답이 나오지 않았다.

정찬혁은 저도 모르게 힐끔 신유진을 바라보았다. 갑자기 정찬혁이 자신을 바라보자 신유진은 고개를 갸웃했다.

"왜요? 무슨 방법이라도 생각났어요?"

정찬혁은 대답 대신 가만히 고개를 내저었다.

끼이익— 끽! 끼이익— 끼!

그때였다.

무언가가 천천히 다가오는 소리가 들려왔다.

정찬혁은 본능적으로 소리가 들린 방향으로 고개를 돌렸다.

그리고……

＊　　＊　　＊

"너는 여기서 기다리고 있어라. 나 혼자 다녀오겠다."

첸의 말에 앞장서서 걸음을 옮기던 린이 놀란 얼굴로 다가왔다.

"안 됩니다, 대인. 너무 위험합니다."

"괜찮다. 별일 없을 게야."

"하지만 대인! 그자는……!"

"그만! 내가 괜찮다고 하지 않더냐? 언제부터 네가 내 말에 자꾸 토를 달게 된 게냐, 린?"

첸이 날카로운 눈빛으로 린을 쏘아보았다. 린은 어깨를 움찔하며 고개를 숙였다.

"죄, 죄송합니다. 전 그저 대인의 안위를 생각해서……."

"내가 괜찮다는데 뭐가 그리 잔말이 많은 게야!"

첸이 낮게 일갈하자 린은 더욱 깊이 고개를 숙였다. 이내 첸은 스스로 휠체어를 이동시키며 말을 이었다.

"내가 돌아올 때까지 둘 다 이곳에서 꼼짝도 하지 말고 기다리고 있거라. 한 발짝이라도 움직이면 내 절대 용서치 않을 테니."

전에 없이 강한 어조로 명령을 내린 첸은 지팡이를 무릎에 얹어 놓고 천천히 휠체어 바퀴를 굴리기 시작했다.

끼이익— 끽! 끼이익— 끽!

규칙적인 금속성을 내며 첸의 휠체어가 천천히 어딘가로 향해 움직였다.

린은 그저 가만히 멀어져 가는 첸의 휠체어를 바라보고 있을 뿐이었다.

얼마 오지도 않았는데 첸의 이마는 땀으로 흠뻑 젖었다.

휠체어 바퀴를 손으로 굴리는 일은 꽤나 힘이 드는 일이었다.

한참을 그렇게 이동하던 첸의 눈에 저 멀리 두 사람의 모습이 눈에 들어왔다.

첸의 눈동자가 감정의 동요로 파르르 떨렸다. 첸은 천천히 두 사람을 향해 다가갔다.

끼이익— 끽! 끼이익— 끽!

두 사람에게서 열 걸음 남짓 거리에 닿았을 무렵이었다.

등을 보이고 있던 피투성이의 사내가 천천히 고개를 돌

렸다.

첸은 나직이 한숨을 내쉬며 사내와 눈을 마주쳤다. 사내의 눈이 찢어져라 크게 치켜떠졌다.

첸은 조용히 입을 열었다.

"오랜만이로구나, 찬혁아."

정찬혁의 눈이 찢어져라 크게 치켜떠졌다.

메이린의 초대장을 받고 이곳으로 오면서 혹시나 하는 생각을 하긴 했지만 정말로 첸이 나타날 줄이야.

끓어오르는 분노와 함께 근원을 알 수 없는 힘이 솟아났다.

아무런 생각도 하지 않았다. 그저 자신의 눈앞에 나타난 첸을 죽여야만 한다는 생각뿐이었다.

정찬혁은 짐승처럼 괴성을 토해내며 아직까지도 품속에 있는, 이블 불릿을 장전한 글록17을 꺼내들었다.

"우, 우오오오오—!"

누가 무어라 말릴 틈도 없이 정찬혁은 추호의 망설임도 없이 첸을 향해 방아쇠를 당겼다.

타앙—

한 발의 총성과 함께 신유진의 날카로운 외침이 터져 나왔다.

"안 돼요!"

신유진은 믿을 수 없을 정도의 빠른 속도로 달려들어 두 팔을 첸의 앞을 막아섰다.

총구를 벗어난 이블 불릿이 정확히 신유진의 어깨를 꿰뚫었다.

"크윽!"

시뻘건 피가 분수처럼 튀었다. 지독한 통증이 밀려왔다. 하지만 신유진은 쓰러지지 않고 첸의 앞을 막아선 채로 버텼다.

정찬혁이 날카로운 이빨을 드러내며 으르렁거렸다.

"비켜."

"안 돼요. 당신이 살인을 하게 내버려 둘 수 없어요."

"비켜."

"싫어요."

"비키란 말이다아아—"

버럭 소리치며 정찬혁은 성큼성큼 첸에게 다가갔다. 하지만 신유진이 절대로 비켜나지 않았다.

정찬혁은 신유진을 향해 총구를 겨눴다.

아무 말도 하지 않았지만 비키지 않으면 쏘겠다는 강력한 의지가 느껴졌다.

"이제 그만해요. 더 이상은 증오의 불길에 당신 스스로를 불태우지 말아요. 제발 그만해요, 찬혁 씨."

신유진은 가만히 정찬혁과 눈을 마주하며 얼굴로 손을 뻗었다.

손바닥으로 눈을 가린 신유진은 정찬혁의 얼굴을 쓸어내리며 조용히 말을 이었다.

"이제 그만 쉬어요."

정찬혁은 신유진의 손길을 따라 저도 모르게 눈을 감았다. 그리곤 그대로 의식을 잃고 털썩 쓰러져 버렸다.

쓰러진 정찬혁을 내려다보던 신유진은 의미심장한 미소를 지으며 첸에게로 고개를 돌렸다.

"당신도 오랜만이구려."

신유진과 눈이 마주친 첸이 아는 체했다. 신유진은 빙긋 미소를 지으며 고개를 끄덕였다.

"더 이상 볼 일은 없을 줄 알았는데. 어쨌든 딱 좋은 등장 타이밍이었어."

첸을 바라보는 신유진의 입가에 머문 미소는 조금 전, 정찬혁에게 보인 자애로운 미소와는 전혀 다른 것이었다.

린은 여전히 불안한 얼굴로 한자리를 빙글빙글 맴돌고 있었다.

혼자서 정찬혁을 만나겠다고 한 첸의 안위에 대한 걱정이 조금도 사라지지 않고 있었다.

얼마나 시간이 지났을까. 결국 불안함을 참지 못한 린은 명령을 어겨서라도 첸에게 가야겠다는 생각을 하고 그 자리에 멈춰 섰다.

막 첸이 사라졌던 방향으로 걸음을 옮기려던 찰나, 귓가에 낮은 금속성이 들려왔다.

끼이익― 끽! 끼이익― 끽!

"첸 대인! 괜찮으십니까?"

린은 반색을 하며 소리가 들려온 방향으로 고개를 돌렸다.

혼자서 저쪽으로 갔을 때와 별 다를 바 없는 모습으로 첸이 다가오고 있었다.

린은 첸에게 다가가 한쪽 무릎을 꿇었다.

"난 아무렇지도 않다. 괜찮을 거라고 내 말하지 않았더냐."

첸은 피식 미소를 지으며 린의 머리를 쓰다듬었다.

린은 그제야 나직이 안도의 한숨을 내쉬었다. 천천히 몸을 일으킨 린이 조심스레 질문을 던졌다.

"그를… 만나셨습니까?"

첸은 가만히 고개를 끄덕였다.

"많이… 변했더구나."

그리 길지 않은 대답이었지만 첸의 말은 많은 것을 담고 있었다.

그 의미를 모두 이해하지는 못했지만 린은 가만히 고개를 끄덕였다.

"그렇습니까."

첸은 스륵 눈을 감고 길게 한숨을 내쉬었다.

한동안 가만히 눈을 감고 있던 첸은 천천히 눈을 떴다. 그리곤 린을 바라보며 천천히 입을 열었다.

"오늘 이후로 '정찬혁'이라는 이름을 언급하는 자는 내 절대 용서하지 않을 것이다. 구룡회의 전산망에 있는 그에 대한 자료도 모두 완전 삭제하고 문서로 남아 있는 기록들도 모두 파기해라. 정찬혁은 구룡회와는 아무런 관계없는 평범한 한국인 일뿐이다. 이 명령을 어기는 자는 지위고하를 막론하고 죽음으로써 그 죄를 물을 것이다. 개인적인 원한으로 직권을 남용한 암룡 넷은 반역자로 간주하고 절차대로 처리하거라."

"예. 알겠습니다. 대인."

린은 고개를 숙이며 대답했다. 첸은 다시 한 번 길게 한숨을 내쉬며 말을 이었다.

"이제 돌아가자꾸나. 볼일은 다 끝났으니."

대기하고 있던 사내가 다가와 첸의 휠체어를 조심스레 밀어 창고 밖으로 나갔다.

가만히 그 모습을 바라보던 린은 이내 품속에서 휴대폰을 꺼내 진용 빌딩의 보안부서로 전화를 걸었다.

244 짐승의 규칙

"여보세요? 네. 뒤처리 인력 좀 지금 당장 보내주십시오. 많으면 많을수록 좋습니다. 아참! 타격 팀도 두 개 소대 정도 보내주세요. 혹시나 거세게 저항할지도 모르는 일이니까요. 네. 그럼 기다리겠습니다."

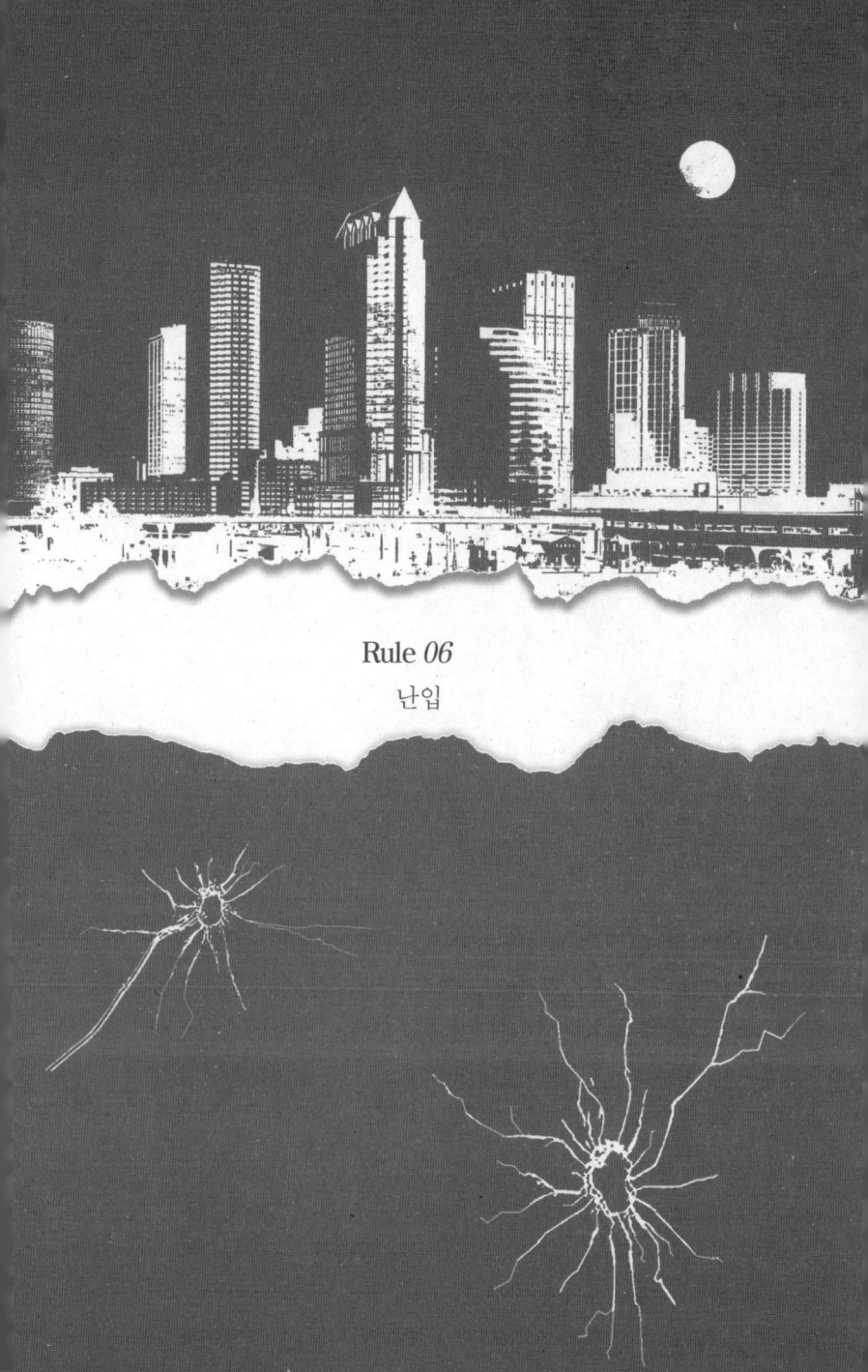

Rule *06*
난입

"으, 으음……."

의식이 돌아오기 시작했다. 정찬혁은 천천히 눈꺼풀을 들어올렸다.

신유진의 낮은 음성이 귓가로 날아들었다.

"이제 정신이 들어요?"

눈을 뜬 정찬혁은 주위를 둘러보았다.

이내 자신이 차 안에서 시트를 뒤로 젖힌 채 누워 있다는 것을 알게 된 정찬혁은 천천히 몸을 일으켰다.

아주 오랜만에 잠이 들었던 것 같은 기분이 들었다.

"여긴 어디……!"

지끈거리는 머리를 매만지던 정찬혁은 퍼뜩 자신이 의식을 잃기 직전의 상황을 떠올렸다.

분명 자신의 눈앞에 첸이 나타났었다. 이상한 것은 첸과 눈을 마주쳤던 것까지는 생각이 났지만 그 후가 두꺼운 암막을 쳐 놓은 듯 캄캄하기만 했다.

"그자는… 첸은 어디 있지?"

"아까 그 휠체어 탄 노인 말이에요? 한참 전에 떠났어요."

"뭐!"

정찬혁은 저도 모르게 버럭 소리쳤다. 신유진이 어깨를 움찔하며 투덜거렸다.

"깜짝이야! 저 지금 운전 중이에요. 놀라게 하지 말아요. 사고 날지도 모르니까요."

간신히 흥분을 가라앉힌 정찬혁이 조용히 물었다.

"어떻게 된 거지?"

"뭐가요?"

"그자와 눈이 마주친 직후부터 기억이 전혀 나지 않아."

정찬혁의 말에 신유진은 잠시 고개를 까닥하더니 천천히 입을 열었다.

"뭐, 갑자기 죽이네 마네, 흥분해서 달려들다가 그냥 풀썩 쓰러져 버리더라고요. 아무래도 그전에 한계치까지 힘을 과하게 쓴 탓이겠죠."

"그런가……."

나직이 중얼거리던 정찬혁은 그제야 신유진이 어깨에 붕
대를 감고 있다는 것을 눈치챘다.

정찬혁은 나직이 한숨을 내쉬며 손가락으로 붕대를 가리
켰다.

"그건… 설마 내가 한 짓인가?"

"네! 아무리 제정신이 아니었다지만 진짜로 너무한 거 아
네요? 아무 망설임도 없이 방아쇠를 당기던데요? 빗맞아서
다행이지 제대로 맞았다면 큰일 날 뻔했다고요!"

기다렸다는 듯 신유진이 과장된 어조로 빠르게 말을 쏟아
냈다.

희미하게나마 자신의 앞을 막아선 신유진에게 방아쇠를
당긴 기억이 떠올랐다.

"미안하다. 다신 이런 일이 없도록 하지."

"진짜죠?"

"그래."

"약속했어요. 앞으로 다시는! 장난이나 실수로라도! 저한
테 총구 겨누기 없기에요."

"알겠다."

정찬혁은 가만히 고개를 끄덕였다. 이내 정찬혁은 좌석에

깊이 몸을 뉘였다.

갑자기 신유진이 무언가 생각난 듯 낮게 소리쳤다.

"아참! 그러고 보니 그 노인이 전언을 남겼어요."

"전언?"

신유진은 미간을 살짝 찌푸려 노인의 얼굴을 만들어 보이고는 천천히 입을 열었다.

"찬혁아. 너는 이제부터 구룡회와는 아무런 관계없는 보통 사람이다. 구룡회에 남아 있는 너에 대한 기록은 내 권한으로 모조리 영구삭제해 두겠다. 이번 일도 내 선에서 알아서 잘 처리해 놓으마. 앞으로는 절대 구룡회가 널 찾는 일은 없을 게다. 그러니 넌 네 새로운 인생을 찾아 살려무나. 오늘이 너와 내가 만나는 마지막이 되었으면 한다. 그동안 미안했다. 그럼 잘 지내거라… 라고 하더라고요."

가만히 신유진의 말을 듣고 있던 정찬혁의 얼굴이 왈칵 일그러졌다.

끝까지 자신을 생각해 주는 척하는 첸의 위선에 가득 찬 얼굴이 가증스러웠다.

"뭐라고? 그동안 미안했다고? 고작 그게 다인가? 내 부모님의 죽음은 고작 그 정도의 일에 불과하다는 건가?!"

정찬혁은 분노를 감추지 못하고 뿌득 소리가 날 정도로 이를 악물었다.

용서할 수 없었다. 참을 수 없는 울화가 뱃속에서 치밀어 올랐다.

"찬혁 씨……."

신유진이 조심스레 말을 걸었다. 정찬혁은 아무런 말도 하지 않았다.

언제나처럼 신유진은 복수를 단념하라고 설득할 것이 뻔했으니.

끓어오르는 울화를 토해낼 곳이 필요했다. 그러지 않으면 자신이 감당할 수 없는 일이 벌어질 것만 같았다. 문득 한 가지 해결책이 머릿속에 떠올랐다.

"서울지방경찰청 광역수사대……."

"네?"

갑작스레 뜬금없는 소리를 하는 정찬혁을 힐끗 바라보며 신유진은 고개를 갸웃했다.

정찬혁의 말이 조용히 이어졌다.

"그곳에… 숙주가 있다."

"네? 그게 정말이에요?"

놀란 신유진의 질문에 정찬혁은 가만히 고개를 끄덕였다. 난감한 일이었다.

다른 곳도 아니고 경찰의 중요기관 중 하나인 광역수사대에 숙주가 있다니.

"내가 인천항으로 가는 중에 광역수사대에서 용의자를 체포하는 장면을 목격했다. 체포된 용의자 중 하나가 숙주더군."

"그러면… 포기할 수밖에 없겠네요."

신유진은 적잖이 실망한 눈치였다.

오랜만에 숙주를 발견했는데 자신들의 손이 닿을 수 없는 곳에 있다니.

하지만 정찬혁은 가만히 고개를 내저었다.

"아니. 포기하기엔 이르다. 내가 알아서 할 테니 광역수사대로 가자."

"어쩌려고요?"

정찬혁은 아무런 대답도 하지 않았다.

그저 차갑게 식은 눈으로 가만히 좌석에 몸을 누일 뿐이었다.

첸의 전언을 듣고 분노로 불타오르던 것보다 훨씬 섬뜩한 느낌에 신유진은 저도 모르게 어깨를 부르르 떨었다.

*   *   *

부우웅—

한윤철이 막 인천항의 물류단지 근처에 접어들 무렵, 반대

편 차선에서 지나치는 대형 컨테이너 차량 일곱 대와 마주쳤다.

별 생각 없이 힐끗 보아 넘긴 한윤철은 근처 공용주차장에 차를 세워두고, 곧장 물류단지 경비 사무실로 향했다.

어느새 주위는 완연한 어둠이 내려 앉아 있었다.

"아까 전에 전화했었던 한윤철 검삽니다. 보세구역 확인해 보셨습니까?"

길게 하품을 하며 기지개를 켜고 있던 경비원이 대수롭지 않다는 듯 고개를 내저었다.

"직접 가볼 필요도 없습니다. CCTV로 여기서 다 확인 가능합니다. 보세구역에는 아무것도 없습니다. 안 그래도 오늘은 무슨 작업을 하는 건지 물류단지 전체가 소개 명령이 떨어져서 아무도 없습니다. 저희야 경비 업체니까 남아 있긴 했습니다만."

"그래서 그냥 CCTV로만 확인해 보셨다는 겁니까?"

"거, 날씨도 추운데 괜히 밖에 돌아다닐 필요는 없지 않습니까?"

경비원의 태도는 불성실하기 짝이 없었다.

한윤철은 저도 모르게 길게 한숨을 내쉬며 말했다

"제가 좀 돌아봐도 되겠습니까? 그냥 둘러보기만 할 겁니다. 괜찮겠죠?"

"이거, 원래 허가가 없으면 외부인은 출입 금진데……. 뭐, 어차피 오늘은 뭐라고 할 사람이 아무도 없으니 괜찮을 겁니다. 들어가 보십쇼, 검사님."

"감사합니다. 금방 둘러보고 오겠습니다."

한윤철은 곧장 보세구역으로 걸음을 옮겨갔다.

경비 사무실에서 보세구역까지는 생각보다 꽤나 거리가 있었다.

빠른 걸음으로도 10분이 넘게 걸리는 거리였으니.

한윤철은 보세구역 진입로 앞에서 걸음을 멈췄다. 무언가 비릿한 냄새가 코끝을 자극해 왔다. 바닷바람에 실려 오는 내음은 아니었다.

"이 냄새는… 피 비린내인가?"

조용히 중얼거리며 한윤철은 보세구역으로 들어갔다.

혹시나 어두워서 제대로 보이지 않을 수도 있다는 생각에 한윤철은 휴대폰을 꺼내 카메라 플래시를 켰다.

아무도 보이지 않는 한밤의 물류단지는 을씨년스럽기 짝이 없었다.

게다가 차가운 바닷바람까지 거세게 불어오니 을씨년스러움은 더욱 배가 되었다.

한윤철은 어깨를 부르르 떨며 조심스레 걸음을 옮겨갔다. 한참동안 보세구역 일대를 돌아다니던 한윤철은 배수로 측면의 콘크리트 벽에 묻어 있는 시커먼 얼룩을 발견했다.

점점이 이어져 있는 핏자국이었다.

한두 곳이 아니었다. 거의 배수로 전체에 걸쳐서 핏자국이 여기저기 남아 있었다.

한윤철은 핏자국을 따라 배수로를 거슬러 올라가기 시작했다.

얼마 지나지 않아 한윤철은 35번 창고 옆에 있는 낡은 컨테이너에 닿았다.

밖에 놓여 있어서 그런지 여기저기 녹이 슬고, 페인트가 벗겨져 있었다.

가장 눈길을 끈 것은 자물쇠가 절단기로 잘려져 있다는 것이었다.

비교적 최근에 절단한 것으로 보였다.

한윤철은 조금도 망설임없이 컨테이너 문을 열었다.

녹슨 쇠 냄새와 함께 피비린내가 코끝을 자극해 왔다.

한윤철은 저도 모르게 왈칵 인상을 찌푸리며 휴대폰 플래시로 컨테이너 안을 비췄다.

"이, 이건······!"

한윤철은 자신의 눈에 들어온 장면에 저도 모르게 낮게 신음하듯 소리쳤다.

낡은 컨테이너 안에 피가 묻어 있는 날붙이나, 쇠파이프 등의 흉기가 가득했다.

안으로 들어간 한윤철이 피 묻은 대검 하나를 집어 들었다.

아직까지 덜 마른 피가 손에 묻어났다. 다른 것들도 마찬가지였다.

피가 아직 굳지 않은 것으로 보아 몇 시간 전에 이 부근에서 무언가 큰 일이 있었던 것 같았다.

하지만 약간의 핏자국과 피 묻은 흉기 말고는 사람은 흔적도 찾을 수 없었다.

흉기에 묻어 있는 피의 양으로 봐서는 상당한 숫자의 사람들이 있었던 것으로 보였지만.

한참 동안 낡은 컨테이너 안에 있던 한윤철은 순간 번쩍하며 물류단지로 들어서는 도로에서 대형 컨테이너 차량 일곱 대와 스쳐 지나친 것을 떠올렸다.

경비원의 말대로 일찌감치 전원 소개 명령이 떨어져 아무도 없었다면 일곱 대의 대형 컨테이너 차량은 대체 무어란 말인가.

분명 컨테이너 차량이 나온 곳은 물류단지 방향에서였다.

그렇다는 것은.

한윤철은 곧장 경비 사무실로 달려갔다.

경비원이 무언가 알고 있을지도 모른다는 생각이 든 탓이었다.

"헉헉! 조, 조금 전에 여기서 나간 컨테이너 차량……. 헉헉! 그거 대체 뭡니까? 헉헉!"

경비 사무실 앞에 도착한 한윤철은 거친 숨을 몰아쉬며 경비원에게 질문을 던졌다.

경비원은 무슨 소리를 하냐는 듯 고개를 거렸다.

"갑자기 무슨 소립니까? 게다가 보세구역을 살펴본다고 하더니만 어딜 갔다가 오시는 겁니까?"

오히려 경비원이 의심스러운 눈초리로 한윤철에게 질문을 던졌다.

"바로 조금 전까지 보세구역에 있었습니다만?"

"거짓말 마십쇼. 아까부터 계속 CCTV를 보고 있었는데 검사님은 한 번도 화면에 보이지 않았다고요.

"네? 그게 정말입니까?"

"제가 뭐 얻어먹을 게 있다고 거짓말을 하겠습니까?"

"그 CCTV, 제가 좀 봐도 되겠습니까?"

한윤철이 한 걸음 앞으로 나서며 말했다.

경비원도 상황이 이상하다는 걸 눈치챈 듯 고개를 끄덕였다.

경비 사무실 안으로 들어간 한윤철은 한쪽 벽을 가득 메운 CCTV를 바라보았다. 경비원이 일정 구역을 가리키며 말했다.

"이 다섯 개가 보세구역 CCTV입니다. 검사님이 그쪽으로 가고난 후에 혹시나 무슨 일이 있을까 싶어서 계속 지켜보고 있었습니다. 그런데 검사님은 어딜 갔는지 보이지도 않더군요."

경비원의 말을 들으며 한윤철은 가만히 CCTV화면을 바라보았다.

금방 결론을 내릴 수 있었다.

"해킹이로군요. 일정 시간을 촬영한 영상을 반복적으로 재생하고 있어요."

"예? 그럼 어떻게 해야 하는 겁니까?"

"보안장비 업체에 수리를 의뢰해야죠. 날이 밝는 대로 연락하십쇼."

"혹시 무슨 큰 일이 있었던 건 아니겠죠? 설마하니……."

경비원은 긴장한 듯 침을 꿀꺽 삼키며 조심스레 물었다.

혹시나 큰일이 터져서 직장을 잃지 않을까 걱정하는 눈치였다.

경비원의 태도로 보아 이번 일과는 아무 상관없어 보였다. 괜스레 불안함을 줄 필요는 없다고 생각하며 한윤철은 가만히 고개를 내저었다.

"별일 아닙니다. 그냥 CCTV가 고장 난 것뿐일 겁니다."

"후우. 그렇겠죠?"

경비원은 안도의 한숨을 내쉬며 나직이 중얼거렸다.

한윤철은 경비 사무실 밖으로 나서며 입을 열었다.

"그럼 전 이만 가보겠습니다. 밤늦게 죄송했습니다. 아참. 혹시 몰라 말씀드리는 건데 제가 다녀간 사실은 비밀로 해주실 수 있겠습니까?"

"예. 그러지요."

"그럼 수고하십시오."

한윤철은 경비원에게 꾸벅 인사를 하고는 차를 세워둔 주차장으로 걸음을 옮기기 시작했다.

머릿속이 복잡했다.

분명 보세구역에서 대량의 유혈사태가 벌어진 것은 틀림없었다.

하지만 피해자도, 가해자도 흔적도 없이 사라져 버린 지금, 한윤철이 할 수 있는 것은 아무것도 없었다.

한윤철은 거푸 한숨을 내쉬며 터덜터덜 힘없이 주차장으로 걸어갔다.

*　　　　*　　　　*

"다 왔어요. 근데 대체 어쩔 생각이에요?"

정찬혁은 아무런 대답 없이 챙이 넓은 야구 모자를 깊이 눌러쓰고 차 문을 열었다.

"금방 다녀오겠다."

"찬혁 씨!"

정찬혁은 그대로 밖으로 나가 버렸다.

신유진이 급히 불러봤지만 이미 정찬혁은 광역수사대를 향해 성큼성큼 저 멀리 걸어 나간 후였다.

어둠 속으로 사라져 가는 정찬혁의 뒷모습을 가만히 바라 보며 신유진은 저도 모르게 한숨을 내쉬었다.

"대체 어쩌려고 저러는 건지……."

정찬혁은 점퍼 주머니에 양손을 찔러 넣고는 광역수사대 로 향했다.

제복을 입은 경찰 두엇이 입구를 지키고 있었다.

정찬혁은 두 사람의 시선을 피해 잽싸게 안으로 뛰어들어 갔다.

다행히 입구 쪽에 있는 가로등이 깨져 주위가 어두운 덕에 들키지 않고 광역수사대 내부로 들어갈 수 있었다.

"어어, 축하해. 한 건 해결했다면서?"

"하하. 이제야 욕 좀 덜 먹을 수 있겠습니다. 그동안 진짜 배가 터지도록 욕만 먹었더니만……."

정찬혁은 인스턴트 커피에 담배를 피우며 대화를 나누는

두 형사를 스쳐 지나쳐 1층 복도로 진입했다.

희미한 자취가 정찬혁의 발걸음을 인도해 주고 있었다.

정찬혁은 주위를 오가는 형사들 사이를 태연히 지나쳐 천천히 계단을 올랐다.

흔적은 3층까지 이어져 있었다.

복도를 지나 강력반 수사본부의 앞에서 정찬혁은 걸음을 멈췄다.

진한 악마의 기운이 안에서 느껴졌다.

정찬혁은 손을 뻗어 문고리를 잡았다. 그때 막 밖에서 담배를 피우고 강력반으로 돌아오던 형사가 정찬혁에게 말을 걸었다.

"누구십니까? 여긴 관계자 외 출입 금지입니다만."

정찬혁은 형사의 말을 무시하고 문고리를 돌렸다. 순간 형사가 어깨에 손을 얹으며 거칠게 소리쳤다.

"어허! 관계자 외 출입 금지라고 했잖습니까!"

정찬혁은 어깨를 살짝 들썩여 형사의 손을 쳐 내고, 문을 열었다.

형사가 다시 손을 얹으며 정찬혁의 어깨를 잡아당겼다.

순간 정찬혁은 형사의 힘을 이용해 빙글 몸을 돌리며 팔꿈치로 형사의 명치 어림을 후려쳤다.

퍼억—

"우켁!"

형사는 낮은 신음을 토해내며 벽에 부딪쳤다.

마침 강력반 문이 활짝 열리며 정찬혁의 공격에 쓰러지는 형사의 모습을 수사본부 안에 있는 다른 형사들에게 보여주었다.

수사본부 안의 형사들은 순간적으로 무슨 일이 생긴 것인지 이해할 수 없어서 눈을 꿈뻑거리고만 있었다.

정찬혁이 안으로 들어서자, 그제야 퍼뜩 정신을 차린 형사들이 소리쳤다.

"어어, 저거 뭐야?"

"저 ×끼가 안 형사 저렇게 만든 거지?"

입구 가까이에 있는 형사가 다가와 욕지거리를 뱉어내며 정찬혁의 멱살을 틀어쥐었다.

"너 이 ×끼. 여기가 어딘 줄 알고 미친 짓거리야? 너 뭐하는 노… 으컥!"

형사의 말은 끝까지 이어지지 못하고 짧은 신음으로 뒤덮였다.

정찬혁이 수도로 목덜미를 후려친 까닭이었다.

또 형사 하나가 쓰러지자 수사본부 안에 있던 20여 명의 형사가 사태의 심각성을 깨닫고 벌떡 일어나 정찬혁에게 달려들었다.

"뭐 이런 미친 새×가!"

"여기가 니놈 집 안방인 줄 아냐!"

정찬혁은 무심한 얼굴로 자신에게 달려드는 형사들을 가만히 바라보았다.

이내 정찬혁은 천천히 걸음을 내딛으며 형사들을 하나하나 손쉽게 쓰러뜨러 갔다.

퍽! 콰드득! 우둑! 빠가각!

"컥!"

"끄아악!"

둔탁한 타격음과 뼈가 부러지는 소리, 관절이 꺾이는 소리와 형사들의 비명이 뒤섞여 수사본부를 어지러이 뒤흔들었다.

3층 전체가 강력반이라 다른 층에 있는 부서에는 소란이 전해지지 않았다.

채 10분도 지나기 전에 형사들을 다 쓰러뜨린 정찬혁은 천천히 고개를 돌렸다.

가장 짙은 흔적이 남아 있는 것은 한쪽 구석에 쭈욱 늘어서 있는 취조실 중 하나였다.

정찬혁은 말없이 취조실을 향해 다가갔다.

쓰러져 있던 형사 하나가 정찬혁의 발목을 잡았다. 멈칫한 정찬혁은 그대로 형사의 손목을 짓눌렀다.

우두둑!

"크아악!"

뼈가 짓눌려 꺾이는 소리와 함께 발목을 잡은 손에 힘이 빠졌다.

가볍게 발목을 털어 손을 떼어낸 정찬혁은 가장 짙은 흔적이 보이는 3번 취조실로 향했다.

정찬혁이 취조실 문고리에 손을 얹은 순간, 문고리가 스륵 회전하며 문이 열렸다.

"응? 자넨 누군가?"

마침 취조를 마치고 밖으로 나오던 이준형 반장은 야구 모자를 푹 눌러써서 얼굴이 잘 보이지 않는 정찬혁에게 질문을 던졌다.

정찬혁은 아무런 대답을 하지 않았다.

고개를 갸웃하던 이준형 반장의 눈에 난장판이 된 수사본부의 모습이 보였다.

"이게 대체 어떻… 컥!"

순간 정찬혁은 수도로 이준형 반장의 목덜미를 후려치는 것과 동시에 품속에서 이블 불릿이 장전된 글록17을 꺼내들었다.

정찬혁의 총구가 향한 곳은 취조실 의자에 앉아 있는 용의자, 양하인이었다.

정찬혁이 막 방아쇠를 당기려는 찰나, 갑자기 누군가 달려들었다.

"×발! 너 뭐하는 놈이야!"

비디오카메라를 들고 있는 형사는 정찬혁의 허리 어림을 감싸 안고는 힘껏 벽쪽으로 밀어 붙였다.

하지만 정찬혁은 바닥에 못이라도 박힌 듯 꼼짝도 하지 않았다.

퍽—

정찬혁의 팔꿈치가 형사의 등판을 강하게 후려쳤다.

채 비명도 지르지 못하고 풀썩 쓰러졌다.

정찬혁이 숙주인 양하인에게 고개를 돌린 순간, 시커먼 악마의 기운이 온몸을 덮쳐왔다.

양하인의 눈빛은 인간의 것이라고 할 수 없을 정도로 시커멓게 빛나고 있었다.

정찬혁은 몇 걸음 뒤로 물러나며 악마의 기운을 피했다.

"쳇! 이미 각성… 한 건가?"

정찬혁은 혀를 차며 한손에는 글록17을 쥔 채 다른 손으로는 핸드나이프를 꺼내들었다.

각성한 숙주를 상대하는 데는 핸드나이프가 상성에 잘 맞았다.

조금은 날이 무뎌진 핸드나이프를 들고 정찬혁은 곧장 양하인에게 달려들었다.

파바박―

마치 고슴도치의 바늘처럼 수십 개의 기운이 정찬혁을 노리고 날아들었다.

정찬혁은 핸드나이프로 날아드는 검은 기운을 모조리 쳐내며 양하인에게 접근했다.

아직 각성한 지 얼마 되지 않은 듯 양하인은 바늘 같은 기운을 뿜어낼 뿐 다른 공격은 하지 않았다.

순식간에 거리를 좁힌 정찬혁은 그대로 총구를 뻗어 양하인의 미간을 겨눴다.

타앙―

한 발의 총성과 함께 이블 불릿이 양하인의 몸에서 뿜어져 나오는 악마의 기운을 모조리 흡수하고 바닥에 툭, 떨어졌다.

정찬혁은 이블 불릿을 집어 들고 천천히 돌아서서 왔던 길을 되짚어 나가기 시작했다.

"큭!"

정찬혁이 3층 계단의 층계참에 닿았을 때였다.

갑자기 이유를 알 수 없는 오한과 열기가 온몸을 뒤덮었다.

정찬혁은 낮은 신음을 토해내며 한쪽 무릎을 꿇었다. 식은 땀이 줄줄 흐르기 시작했다.

일정 시간마다 느껴지는 격통과는 달랐다.

심장이 아니라 온몸이 뜨거운 열탕과 얼음과도 같은 차가운 냉탕을 반복해서 오가는 것 같은 통증이었다.

하지만 이렇게 주저앉아 있을 때가 아니었다. 정찬혁은 억지로 몸을 일으켜 비틀거리며 계단을 내려갔다.

"뭐야? 조심 좀 하지?"

몸의 균형을 잡지 못해 정찬혁은 복도를 오가는 형사들과 몇 번이나 어깨를 부딪쳤다.

간신히 밖으로 나온 정찬혁은 술에 취한 사람처럼 이리저리 비틀거리며 광역수사대를 빠져 나왔다.

차를 세워둔 곳은 그리 멀지 않았지만 지금의 정찬혁에게는 마치 수십 km는 넘는 것 같았다. 흘러내리는 식은땀이 멈추지 않았다.

열기와 한기를 번갈아 반복하는 통증은 뇌가 녹아내릴 것 같은 괴로움을 전해 주었다.

조금 떨어진 곳에 차를 세워둔 것이 보였다.

정찬혁은 더욱 걸음을 서둘렀다. 하지만 채 두어 걸음을 앞두고 그만 쓰러져 버렸다.

쿵―

운전석에 앉아 창밖을 내다보고 있던 신유진은 무언가가 부딪치는 소리에 움찔하며 좌우를 둘러보았다.

아무것도 보이지 않자 나직이 안도의 한숨을 내쉬며 다시

창 너머로 시선을 돌렸다.

순간 덜컥, 하며 조수석 문이 열리고 누군가의 손이 불쑥 안으로 들어왔다.

"꺄아악!"

신유진은 화들짝 놀라 비명을 토해냈다.

손의 주인이 정찬혁이라는 것을 눈치채고 신유진은 조수석 문을 활짝 열었다.

정찬혁이 거친 숨을 몰아쉬며 바닥에 쓰러져 있는 것이 보였다.

"차, 찬혁 씨?"

신유진은 급히 차에서 내려 정찬혁을 부축해 일으켰다.

온몸이 식은땀으로 흠뻑 젖고, 불덩이처럼 뜨거웠다가, 얼음장처럼 차가웠다를 반복했다.

처음 보는 증상에 신유진은 적잖이 당황했다. 간신히 정찬혁을 조수석에 태운 신유진은 급히 시동을 걸고 엑셀을 밟았다.

"조금만 참아요. 금방 도착할 거예요."

신유진은 전에 없던 곡예 운전으로 앞서 가는 차량들을 추월해가며 베아투스를 향해 내달렸다.

식은땀을 흘리며 거친 숨을 몰아쉬던 정찬혁은 주머니에서 이블 불릿을 꺼내 대쉬보드 위에 툭 던져 놓고는 그대로 기절해 버렸다.

"찬혁 씨? 정신 차려요, 찬혁 씨! 찬혁 씨!"

＊　　＊　　＊

인천항으로 갈 때와는 달리 광역수사대로 돌아오는 길은
그리 막히지 않고 한산한 편이었다.

갈 때의 절반도 되지 않는 시간에 광역수사대로 돌아온 한
윤철은 곧장 수사본부로 향했다.

그런데.

"으, 으으……."

"끄으……."

수사본부는 온통 난장판이 되어 있었다. 쓰러져 있는 형사
들의 신음이 사방에서 들려왔다.

한윤철은 휘둥그레진 눈으로 주위를 둘러보며 저도 모르
게 중얼거렸다.

"이, 이게 대체……?"

도무지 영문을 알 수 없는 상황이었다.

서너 시간 정도 자신이 자리를 비운 사이에 무슨 패싸움이
라도 벌어진 것 같은 모양새였다.

"하, 한 검사님……."

황망해하는 한윤철의 귓가에 송지훈의 파르르 떨리는 음성이 들려왔다.

고개를 돌리자 송지훈이 책상 사이에 몸을 숨긴 채 덜덜 떨고 있는 것이 보였다.

송지훈을 부축해 일으키며 한윤철은 조심스레 질문을 던졌다.

"대체 무슨 일입니까?"

"그, 그게… 웬 미친놈이 갑자기 쳐들어와서 형사님들을 모조리 때려눕히더니, 총성이 들리고……. 형사님들은 속수무책으로 쓰러지고 저, 전 아무것도 못하고 무서워서 그, 그냥 숨어 있었습니다."

제대로 이야기가 이어지지 않고 횡설수설했지만 대충이나마 무슨 일이 생긴 건지 알 수 있을 것 같았다.

단순하게 말하자면 누군가 단신으로 수사본부를 습격해이 꼴을 만들어 놨다는 소리였다.

"다른 부서에 도와달라고 부탁하고 오겠습니다. 조금만 여기서 기다리세요, 송 수사관님."

한윤철은 후다닥 달려나가 2층에 도움을 청했다.

3층에서의 이변을 전혀 눈치채지 못했던 터라 현장을 본형사들은 놀람을 감추지 못했다.

쓰러진 형사들을 부축해 일으키고 난장판이 된 수사본부

를 정리하는 데에만 두어 시간이 걸렸다.

한윤철은 3번 취조실 입구에 쓰러져 있는 이준형 반장을 부축하려다 취조실 바닥에 쓰러져 있는 양하인을 발견했다.

미간에 약간의 피를 흘리고 있는 양하인은 마치 깊은 잠이라도 든 것 같았다.

주변은 온통 난리 통인데 그와는 대조적인 양하인의 모습에 절로 한숨이 흘러나왔다.

양하인을 의자에 앉히고 취조실을 나서려던 한윤철의 눈에 한쪽 구석에서 무언가 반짝이는 것이 보였다.

가까이 다가간 한윤철의 눈이 커졌다.

"탄피?"

손을 뻗어 탄피를 집어든 한윤철의 머릿속에 총성을 들었다던 송지훈의 말이 떠올랐다.

한윤철은 탄피를 자세히 살폈다. 권총에서 흔히 쓰이는 9㎜ 탄피였다.

탄피가 남아 있으니 어딘가 총에 맞은 흔적이 남아 있을 거라는 생각에 한윤철은 주위를 두리번거렸다.

하지만 한참이 지나도 탄흔은커녕 살짝 팬 자국도 보이지 않았다.

"탄피는 있는데 탄흔은 없다. 그렇다고 총에 맞은 사람도 없다… 는 건가? 아니면 이미 사용한 탄피를 놔두고 갔다? 그

게 대체 무슨 의미가 있지?'

생각하면 할수록 머릿속이 복잡해지기만 했다.

수사본부 상황이 어느 정도 정리가 되자 한윤철은 광역수
사대 내에 있는 CCTV를 확인하기 위해 보안실로 향했다.

강력반이 습격당한 시간은 지금으로부터 약 세 시간 정도
전의 일이었다.

"혹시 모르니 네 시간 전 영상부터 조금 빠른 속도로 재생
해 주시겠습니까?"

"예, 알겠습니다."

보안실 담당 수사관은 고개를 끄덕이며 3층 CCTV 전체를
3시간 전 녹화 화면으로 되돌렸다.

용의자를 체포한 덕에 바쁘게 주위를 오가는 수사관들의
모습이 보였다.

20분 정도 더 지나자 야구 모자를 깊이 눌러쓴 수상쩍은 인
상착의의 사내가 3층 계단으로 들어섰다.

"잠깐! 정지해 주세요."

한윤철의 말에 담당 수사관이 화면을 멈췄다. 하지만 이대
로는 얼굴을 알아볼 수 없었다.

한윤철이 수사관에게 물었다.

"화질을 선명하게 하거나, 확대가 가능한가요?"

"아뇨. 워낙 오래된 CCTV라 보정이 불가능합니다."

"그래요? 하아……. 다시 재생해 주세요. 이번에는 조금 천천히."

수사관의 버튼을 몇 개 누르자 다시 영상이 재생되기 시작했다.

야구 모자 사내는 곧장 수사본부로 향해 수사관들을 너무도 손쉽게 제압해 나갔다.

놀라운 일이었다.

혼자서 각종 무술 유단자인 수사관 20여 명을 채 10분도 지나기 전에 모두 제압해 버리다니.

한윤철은 뚫어져라 영상을 바라보았다.

혹시라도 야구 모자 사내의 얼굴을 볼 수 있을지도 모르는 일이었으니.

하지만 화질도 그리 좋지 않은데다 워낙에 모자를 눌러 쓰고 있어 제대로 볼 수 없었다.

하지만 이상하게도 언젠가 만난 적이 있을지도 모른다는 생각이 문득 들었다.

형사들을 모두 제압한 사내는 곧장 3번 취조실로 향했다.

한 치의 망설임도 없는 모습을 보아하니 애초부터 3번 취조실이 목적이었던 것 같았다.

사내는 막 취조실을 나오던 이준형 반장을 쓰러뜨리고는

안으로 들어갔다.

그리고 잠시 후, 취조실의 닫힌 문 사이로 짧은 순간 작은 불꽃이 튀었다.

야구 모자 사내가 취조실을 나와 밖으로 사라지기까지는 그리 오랜 시간이 걸리지 않았다.

'총을 쏘긴 한 것 같은데……'

취조실 안에는 CCTV가 없어서 확실히 알 수는 없었지만 불꽃이 튄 걸로 보아 총을 손 것은 틀림없는 것 같았다.

하지만 탄흔도 맞은 사람도 없는 것은 어떻게 설명할 방법이 없었다.

문제를 해결하려고 찾아온 보안실이었지만 어째 일을 더 복잡하게 만든 것 같은 기분이 들었다.

"이 영상 좀 복사해 주시겠습니까?"

"알겠습니다."

담당 수사관은 공 테이프 하나를 꺼내 CCTV영상을 복사해 한윤철에게 건넸다.

한윤철은 영상이 복사된 테이프를 들고 터덜터덜 수사본부로 돌아왔다.

기다렸다는 듯 이준형 반장이 다가오며 급히 입을 열었다.

"한 검사님? 저랑 얘기 좀 하실까요?"

"말씀하세요."

"여기서는 좀… 취조실로 가시죠."

도대체 무슨 얘길 하려는 건지 이준형 반장은 굉장히 조심스러워했다.

고개를 갸웃하며 한윤철은 이준형 반장의 뒤를 따라 취조실로 향했다.

"무슨 말씀을 하시려고 그러시는 겁니까?"

이준형 반장은 취조실 문을 걸어 잠그고는 조심스레 입을 열었다.

"이번 일 말입니다만……."

"이번 일? 아, 안 그래도 그것 때문에 방금 보안실에 다녀오는 길입니다. CCTV영상도 복사해 왔고요. 화질이 좀 흐릿하긴 해도 놈을 잡는데 도움이 될 겁니다."

한윤철은 영상을 복사한 테이프를 이준형 반장에게 건넸다.

이준형 반장은 테이프를 아무렇게나 탁자 위에 툭 던져 놓고 말을 이었다.

"그냥 덮읍시다. 이번 일이 외부로 알려졌다간 무슨 망신을 당할지 모르는 일입니다. 뭐, 크게 다친 사람도 없고 하니 그냥 덮어두는 게 좋을 것 같습니다."

"에? 그게 무슨 말씀이십니까? 아무리 그래도 다친 사람이 그렇게 많은데 그냥 덮다니요?"

"제발 부탁드립니다, 한 검사님. 다 좋은 게 좋은 거 아니겠습니까?"

"하지만……."

"부탁드립니다. 그냥 없었던 일처럼 잊어주십시오. 잘 아시겠지만 내일 언론에 수사결과 발표를 할 겁니다. 이번 일이 알려지게 되면 사건 해결을 하고도 비웃음을 당하게 될 겁니다. 지난 몇 달 동안 잠도 제대로 못 자고 고생한 놈들입니다. 나 혼자면 모르겠지만 모두를 비웃음거리로 만들 수는 없지 않습니까?"

구구절절한 이준형 반장의 말에 한윤철은 더 이상 무어라 할 수 없었다.

그저 가만히 고개를 끄덕이는 수밖에는.

"알겠… 습니다."

다음 날 오전 10시.

브리핑 룸에 모인 기자들에게 연쇄살인 사건의 수사결과 발표가 시작되었다.

한윤철은 맨 뒷자리에서 가만히 결과 발표를 하는 이준형 반장을 바라보았다.

"유력 단서를 토대로 용의자를 특정, 수사망을 피해 달아나려는 용의자들을 ×월 ×일 오후 5시 경, 모두 체포할 수 있었습니다. 함께 압수한 승합차량에서 피 묻은 흉기를 발견, 국과수 분석으로 범행 당시에 쓰인 것으로 밝혀졌습니다. 증거와 취조에 의한 자백 등을 바탕으로 본 광역수사대는 구속 기소로 의견으로 검찰에 본 건을 송치할 것입니다. 브리핑은 이걸로 마치겠습니다. 5분간 질문 답변 받겠습니다."

기자 하나가 손을 번쩍 들고 질문을 던졌다.

"다들 단체로 패싸움이라도 하신 겁니까? 다들 얼굴이 엉망이신 것 같은데요."

"사건과 관계된 질문이 아니면 답변하지 않겠습니다. 그럼 다음 질문⋯⋯."

한윤철은 길게 한숨을 내쉬며 천천히 몸을 일으켜 브리핑 룸을 빠져나왔다.

경찰의 위신과 수사관들의 미래를 위해 사건을 조용히 유야무야했지만 쓸쓸한 기분이 드는 것은 어쩔 수 없는 일이었다.

*　　*　　*

"예? 그게 무슨 말씀이십니까? 아직 확인해 보지 못한 여죄가 많습니다. 양희인이 자백한 살인만 1백 건이 넘습니다. 아직 10프로도 채 확인하지 못했고요. 어쩌면 그보다 더 많을지도 모릅니다. 보고서를 보시면 아시겠지만 피의자들이 머물던 곳에서 일시적으로 실종자들이 증가했었습니다. 그들 중의 일부도 어쩌면 살해당한 건지도 모릅니다. 좀 더 여유를 두고 철저하게 여죄를 파헤쳐야 합니다."

한윤철은 빠른 속도로 말을 쏟아냈다.

가만히 이야기를 듣고 있던 박상규는 고개를 끄덕이며 입을 열었다.

"나도 그렇게 생각한다. 하지만 어쩌겠냐? 언론에서는 빨리 피의자들을 처벌하라고 난리지, 위에서는 자꾸 사건 종결시키라고 압박이지."

"예? 압박이라뇨?"

"일단 밝혀진 사건 일곱 건만으로 끝내라. 딱 거기까지다. 그 이상은 덮으라는 청장님 지시다."

"예?"

박상규의 말에 한윤철은 어처구니가 없다는 듯 황당한 얼굴로 고개를 갸웃했다.

박상규가 어쩔 수 없다는 듯 길게 한숨을 내쉬며 말을 이었다.

"사건이 예상 외로 너무 크다. 하나하나 다 파헤쳤다간 윗대가리들이 난리 날거다."

"그게 무슨 말씀이십니까?"

"지금 정부에서 다문화가정 융화장려 정책을 시행 중인 건 잘 알고 있지?"

"그런데요."

"그런 상황에서 연변 조선족들의 엽기적인 연쇄살인 사건, 그것도 백단위의 피해자가 있을지도 모르는 사건이라면 정부 시책에 큰 걸림돌이 될지도 모르는 일이야."

"무슨 말도 안 되는……. 그거랑 이거랑 무슨 상관입니까?"

"나도 말도 안 되는 헛소린 건 알아. 근데 윗대가리들은 다들 그렇게 생각하더라고. 어쩔 수 없다. 일곱 건은 확실한 거지? 그걸로 공소 제기하고, 법정 최고형으로 구형 때려라. 지금은 그게 최선이다."

"하지만 부장니… 아니, 형님. 밝혀내지 못한 다른 피해자들은 어떡합니까? 그 억울한 사연을 그냥 다 묻으란 말입니까?"

"안다. 나도 알아. 그런데 어쩌겠냐? 세상이 이런 것을…. 정 네가 못하겠다면 윤검이나 장검에게 넘겨주마."

한윤철은 한동안 아무런 대답도 하지 못했다.

10여 분이 지나서야 억지로 떼어지지 않는 입을 열었다.

"…아닙니다. 계속 제가 하겠습니다."

"미안하다……."

한윤철은 어깨를 축 늘어뜨린 채 부장검사실을 나섰다.

사무실로 돌아가는 한윤철의 걸음은 한없이 무겁기만 했다.

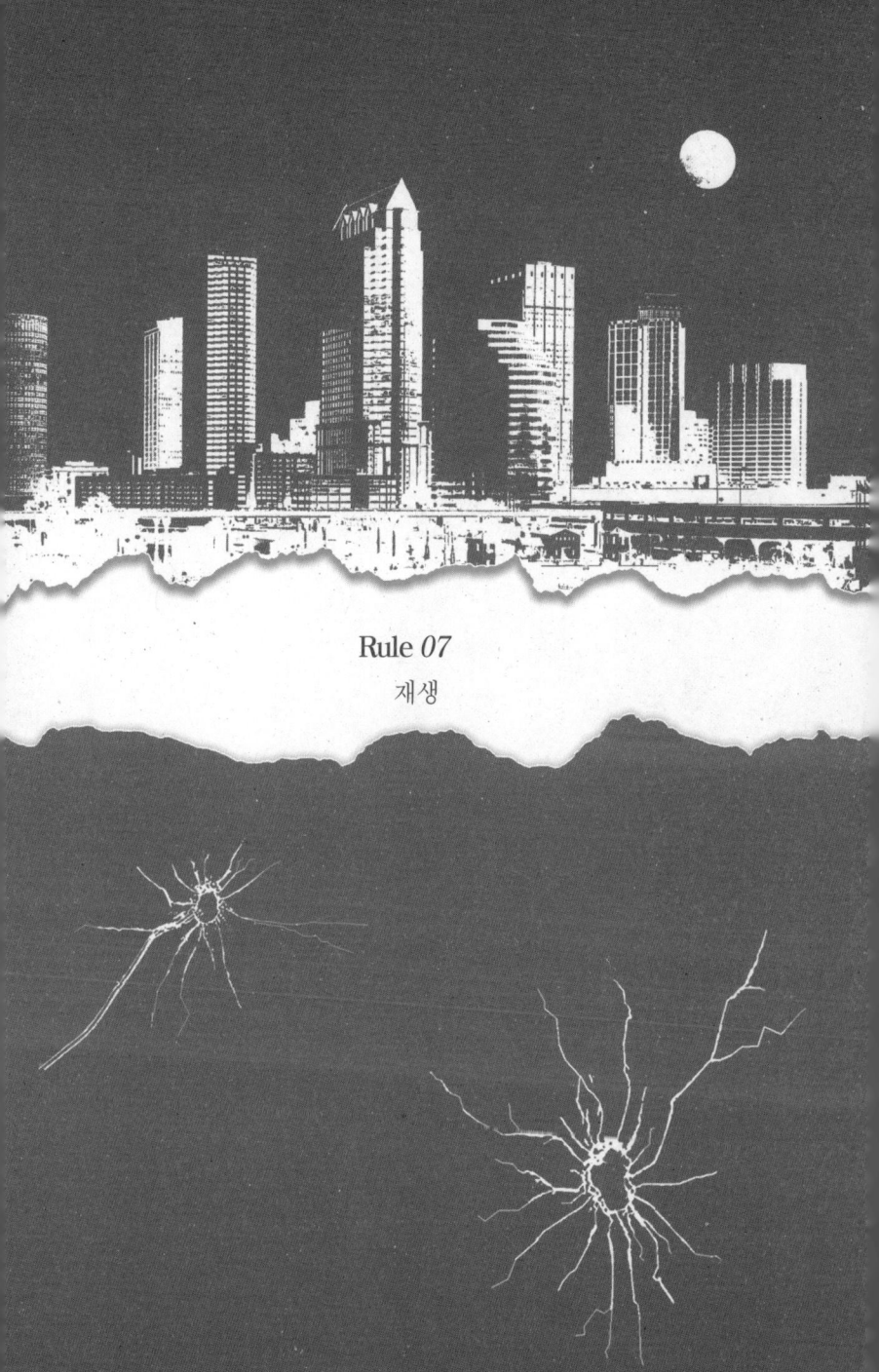

Rule *07*

재생

녹아내린다.

지옥의 타오르는 열화의 한가운데에 선 것처럼 온몸이 녹아내리는 것만 같았다.

얼어붙는다.

북풍한설도 그 한기에 놀라 흩어질 정도로 온몸의 살이 찢어질 것처럼 얼어붙었다.

통증이 아닌 괴로움이었다.

그 끝을 알 수 없는 한없는 괴로움에 온몸이, 피안의 저편으로 깊이 침잠해 들어가던 영혼마저도 제 형체를 알아볼 수 없을 정도로 무너져 내렸다.

아무것도 보이지도, 들리지도, 느끼지도 못했다.

그저 한없는 괴로움만이 세상을 가득 채우고 있을 뿐.

정찬혁은 벌써 열흘이 넘도록 깨어나지 못하고 있었다.

지독한 열기와 한기가 번갈아가며 나타나 이미 죽은 몸을 서서히 붕괴시켜 갔다.

신유진은 단 한순간도 정찬혁의 곁을 떠나지 않았다. 아무런 힘도 남아 있지 않는 지금의 신유진이 할 수 있는 것은 그저 지켜보는 것뿐이었다.

몸의 기능이 현저하게 떨어진 탓일까.

정찬혁의 상반신을 물들이고 있는 검은 기운이 심하게 요동쳤다.

악마의 기운을 회수해 조금이나마 줄어들었던 것이 원래대로, 아니, 훨씬 더 짙고 두꺼워져 있었다.

아마도 지난번 인천항에서의 일로 엄청난 양의 악업을 쌓은 탓이리라.

거기에 결계의 한계 시간을 넘어서까지 무리하게 움직인 것이 신체기능의 붕괴를 더욱 가속화시켰을 것이다.

가장 큰 문제는 정찬혁의 몸을 움직이게 한 힘의 근원인 신유진, 자신에게 이블 불릿을 쏘았다는 것이었다.

그저 어깨를 살짝 스쳤을 뿐이지만 그것만으로도 힘의 균형을 깰 수도 있는 노릇이었다.

그 외에 다른 이유가 있을지도 모르지만, 정찬혁이 이런 상태가 된 가장 큰 원인은 이 세 가지 정도일 것이다.

문제는 원인을 안다고 해서 해결 방법까지 알아낼 수는 없다는 것이었다.

복합적인 원인으로 인한 상황이니만큼 그 해결 방법도 복잡했다.

신유진이 섣불리 손대지 못하는 것도 약간의 실수만으로 돌이킬 수 없는 사태를 야기할 수 있기 때문이었다.

지금 상황에서는 그저 정찬혁의 의지를 믿고 기다리는 수밖에 없었다.

신유진은 마른 수건으로 정찬혁의 몸을 흠뻑 적시고 있는 식은땀을 닦아냈다.

"제발 눈 좀 떠 봐요, 찬혁 씨."

아무리 불러보아도 대답은커녕 손가락 하나 까닥하지 않는 정찬혁이었다.

죽어가고 있다, 아니, 정찬혁의 몸을 움직이던 신유진의 힘이 서서히 흩어지고 있었다.

조금이라도 힘이 남아 있었다면 막을 수 있을지도 모른다.

하지만 남아 있는 거라고는 오로지 신유진이라는 이름의

인간의 힘뿐이었다.

신유진은 아무것도 할 수 없는 자신을 탓하며 정찬혁을 바라보았다.

지칠 대로 지친 정찬혁이 악마의 기운을 회수하러 가겠다고 했을 때 억지로라도 말렸다면 이런 일은 벌어지지 않았을지도 모른다.

하지만 이제 와서 후회해 봐야 뒤늦은 일일 뿐이었다.

신유진은 길게 한숨을 내쉬며 저도 모르게 힐끗 고개를 돌렸다.

정찬혁이 마지막으로 회수한 이블 불릿이 아무렇게나 바닥을 뒹굴고 있었다.

순간 번쩍하며 한 가지 방법이 뇌리를 스쳤다. 하지만 너무 모험성이 강한 방법이었다.

성공한다면 정찬혁을 원래대로 되돌릴 수 있을 테지만, 실패한다면…….

신유진은 정찬혁과 바닥에 떨어져 있는 이블 불릿을 번갈아가며 바라보았다.

한참을 그러던 신유진은 무언가 결정을 내린 듯 아랫입술을 꽉 깨물었다.

이내 벌떡 몸을 일으킨 신유진은 바닥의 이블 불릿을 집어들고는 밖으로 달려나갔다.

30여 분 후에 돌아온 신유진의 손에는 지금까지 모아온 이블 불릿 네 개가 모여 있었다.

신유진은 이블 불릿을 가지런히 내려놓고는 그중 하나를 가지고 정찬혁에게 다가갔다.

왼손을 정찬혁의 머리 부근에 오른손에는 이블 불릿을 꽉 움켜쥔 신유진은 스륵 두 눈을 감았다.

우우웅—!

이블 불릿을 쥔 손에 낮은 진동과 함께 부르르 떨리기 시작했다.

그 안에 봉인되어 있던 악마의 기운이 서서히 흘러나와 신유진의 오른손으로 빨려 들어갔다.

그리곤 신유진의 왼손을 타고 정찬혁의 몸속으로 빠르게 흡수되었다.

신유진의 이마가 어느새 땀으로 흠뻑 젖었다.

몸을 타고 흐르는 악마의 기운이 너무도 거칠고 강한 탓인지 신유진은 낮은 신음을 토해냈다.

피가 배어 나올 정도로 아랫입술을 꽉 깨물고 신유진은 고통을 감내했다.

어느새 이블 불릿에 봉인되어 있던 악마의 기운이 모조리 정찬혁에게 흘러들었다.

상반신을 뒤덮고 있는 검은 기운이 폭풍우가 몰아치는 바다처럼 거칠게 출렁였다.

하지만 아까 전과는 달리 정찬혁의 손가락이 순간적으로 꿈틀거렸다.

신유진은 거친 숨을 토해내며 또 다른 이블 불릿을 움켜쥐었다.

조금 전과 똑같은 현상이 계속되었다.

달라진 것은 신유진이 조금 전보다 훨씬 더 고통스러워하고 있다는 것이었다.

두 개의 이블 불릿에 봉인된 악마의 기운을 정찬혁에게 주입한 신유진은 그대로 스륵 쓰러져 혼절해 버렸다.

정찬혁의 손가락이 좀 전보다 훨씬 강하게 꿈틀거렸다.

그와 함께 상반신을 뒤덮은 검은 기운이 소용돌이쳤다. 소용돌이의 중심에서 갑작스레 엄청난 악마의 기운이 뿜어져 나와 방 안을 가득 뒤덮었다.

한 치 앞도 보이지 않을 정도로 짙은 검은 안개였다.

시간이 지나자 점점 검은 안개가 옅어졌다. 아니, 옅어진 것이 아니라 정찬혁이 검은 안개를 코로 숨을 쉬며 빨아들이고 있었다.

지금껏 잠잠하던 정찬혁의 가슴이 호흡을 하는 것처럼 크게 들썩였다.

꿈틀거리던 손가락이 이내 주먹을 말아 쥐었다.

좀 더 시간이 지나 주위 가득하던 검은 안개가 거의 사라졌을 무렵, 정찬혁은 천천히 눈을 떴다.

이상한 기분이었다.

마치 깨지 않는 영원한 꿈을 꾸다 눈을 뜬 것 같았다.

천천히 상반신을 일으킨 정찬혁은 나직이 한숨을 내쉬었다.

소용돌이치던 상반신의 검은 기운은 언제 그랬냐는 듯 잠잠해져 있었다.

정찬혁은 천천히 주위를 둘러보았다. 자신의 옆에 쓰러져 있는 신유진의 모습이 눈에 들어왔다.

정찬혁은 저도 모르게 손을 뻗어 신유진의 머리를 툭 건드렸다.

"으, 으음……."

신유진이 꿈틀 하며 천천히 눈을 떴다. 자신을 내려다보는 정찬혁의 시선을 느낀 신유진은 화등잔만 해진 눈으로 벌떡 일어났다.

"차, 찬혁 씨! 이제… 괜찮은 거예요?"

정찬혁은 대답 대신 가만히 고개를 끄덕였다.

신유진의 얼굴에 천사의 미소가 지어졌다.

정찬혁은 그저 무표정한 얼굴로 신유진을 바라보고 있을

뿐이었다.

"이블 불릿 두 개가 깨져 있더군. 날 깨우려고 그걸 사용한 건가?"

정찬혁이 조용히 물었다. 신유진은 가만히 고개를 끄덕였다.

"어쩔 수 없었어요. 그것밖에는 다른 방법은 없었으니까요."

"고생해서 봉인했던 건데. 아깝군."

정찬혁의 말에 신유진은 저도 모르게 발끈했다.

"말을 꼭 그렇게 해야 되요? 제가 얼마나 걱정 많이 한 줄 알아요? 사람이 꼭 말을 해도……."

정찬혁은 여전히 무표정한 얼굴로 눈물을 글썽이는 신유진을 바라보았다.

이내 천천히 정찬혁의 입이 벌어졌다.

"고맙다."

*   *   *

"알렉스 형님! 형님이라도 먼저 빠져 나가십시오."

"무슨 헛소리냐? 살아도 같이 살고, 죽어도 같이 죽자고 맹

세하지 않았었냐?"

"그러면 마오 대인의 복수도 하지 못하고 이 자리에서 다 같이 죽자는 말씀입니까?"

"무슨 헛소리냐? 다 같이 사는 거다!"

"하이고. 이 형님이 왜 이렇게 감이 떨어지셨수? 딱 보면 아실 거면서 왜 모른 척하시는 거유? 우린 이미 늦었으니 빨리 형님이나 빠져나가슈."

"다 같이 살아 나갈 거라고 내가 말했다."

"그게 말이 안 된다는 건 형님께서 더 잘 아시지 않습니까?"

"그만 지껄이고 다들 일어나! 빠져나갈 구멍 하나 정도는 남아 있을 거다. 뭐해? 어서 일어나지 않고!"

"우리 이 순진한 형님을 어찌할꼬. 뭐하냐, 리우! 빨리 형님 모시지 않고!"

"지금 내 말 못 들었냐? 분명히 모두 같이 빠져나갈 거라고 했다. 다들 정신 차리고 일어나… 컥! 리, 리우 너…….."

"이제야 좀 조용해졌네. 거참, 다 큰 양반이 뭐가 이리 응석이 심해?"

"그러니 말이다. 리우 너, 형님 잘 모셔라."

"날 믿어라. 내가 죽는 한이 있더라도 형님만은 무사히 내보내겠다."

"자식이, 허풍은……."

"다들 마오 대인 곁에서 다시 모이자."

"크크크! 내가 먼저 가서 기다리고 있으마. 다들 줄 맞춰서 따라오라고."

"멍청한 놈, 올 때는 순서가 있어도 갈 때는 제 맘대로 라더라. 어딜 줄을 세우려고."

"킥킥! 그건 또 어디서 주워들은 거냐?"

"나도 몰라. 이 자식아. 클클."

타앙―

투타타타타타타―!

"아, 안 돼!"

사내는 버럭 소리치며 벌떡 일어났다.

악몽이었다. 온몸이 식은땀으로 흠뻑 젖어 있었다.

사내는 손을 뻗어 근처에 있는 수건을 잡아들고 땀을 닦아 냈다. 악몽을 꾼 탓인지 호흡이 거칠었다.

잠에서 깨어났음에도 사내의 귓가에는 아직도 총성이 멈추지 않고 있었다.

날아드는 총탄은 온몸으로 내며 쓰러지는 동생들의 비명도 생생하게 들려왔다.

눈을 뜨고 있는 동안에도 악몽은 계속되었다. 사내는 수년간 깨지 않는 영원한 악몽 속에서 살아가고 있었다.

"크, 크웃! 살아서……. 나 혼자 살아남아서 대체 무얼 하란 말이냐? 이 빌어먹을 녀석들아… 크크크……."

사내는 공허한 웃음을 지으며 손을 들어 산발한 머리칼을 쓸어 올렸다.

오랫동안 면도도 하지 않은 듯 사내의 턱에는 산발한 머리칼만큼 수염이 덥수룩했다.

살아서 숨은 쉬고 있지만 사내는 죽은 것이나 마찬가지였다.

사내를 살리기 위해 피를 나눈 수많은 형제가 목숨을 버렸지만 헛된 죽음이었다.

살아남기는 했지만 아무것도 할 수 없는 몸이 되어버렸으니.

긴팔 셔츠를 입고 있는 사내의 왼팔 부분은 제 기능을 하지 못하고 축 늘어져 있었다.

사내가 어깨를 들썩이며 메마른 웃음을 흘릴 때마다 힘없이 팔랑거렸다.

그뿐만이 아니었다. 담요에 덮여 있는 사내의 오른쪽 다리가 무릎 아래부터 푹 꺼져 있었다.

"이 꼴로… 내가 뭘 할 수 있다는 거냐?"

한손으로 얼굴을 가린 채 고개를 숙이고 있던 사내의 눈가에 한줄기 눈물이 주륵 흘러내렸다.

어깨가 들썩이기 시작했다. 숨을 쉬고 있었지만 살아 있는 것은 아니었다.

사내의 눈은 과거의 망령에 사로잡혀 죽은 채였다.

한때는 스스로 목숨을 끊으려고 한 적도 있었다.

하지만 그럴 수 없었다. 아니, 그러지 못했다. 자신을 위해 처참하게 죽어간 동생들의 목숨을 헛된 것으로 만드는 일이었으니.

그렇게 사내는 죽지도, 그렇다고 살지도 못한 채로 3년여의 시간을 보냈다.

길다면 긴 시간이었지만 사내에게는 조금도 흐르지 않은 채였다.

매일 밤 그날의 기억이 악몽이 되어 재현되었다.

언제나 사내는 짙은 화약 연기 속에서 죽음의 순간을 살아가고 있었다.

지난 3년여 간 사내는 그 안에서 조금도 벗어나지 못하고 있었다.

커튼 사이로 햇살이 흘러들어 사내를 비췄다.

어깨의 들썩임이 차츰 잦아들었다. 흐르던 눈물도 어느새 말랐다. 사내는 다시 벌렁 드러누웠다.

아무것도 할 수 없다는 무기력감이 온몸을 지배하고 있

었다.

그때였다. 귓가에 무언가 움직이는 소리가 들려왔다.

하지만 사내는 꼼짝도 하지 않고 그대로 누워 있었다.

부스럭거리는 소리가 차츰 사내에게로 다가왔다. 역시나 사내는 아무런 반응도 없었다.

다가온 무언가는 커튼 사이로 쏟아지는 햇빛을 피해 어둠 속을 움직이고 있었다.

스사삭—

마치 작은 벌레 같은 움직임이었다.

손가락 한 마디만 한 크기의 시커먼 무언가는 빠른 속도로 사내에게 다가갔다.

여전히 사내는 꼼짝도 않고 있었다.

어느새 사내의 귓가로 다가간 검은 물체는 그대로 곧장 귓구멍 속으로 빨려들 듯 모습을 감췄다.

"큭—!"

사내는 갑작스러운 두통에 낮은 신음을 토해내며 벌떡 상체를 일으켰다.

귓속으로 들어간 무언가가 사각사각, 하고 움직이는 소리가 이명처럼 머릿속을 울렸다.

시내는 남아 있는 한 손으로 통증이 느껴지는 머리를 감싸 쥐었다.

머리가 깨질 듯 아파왔다. 절로 식은땀이 흐를 정도로 엄청난 통증이었다.

사내는 고통에 찬 신음을 토해내며 몸부림쳤다. 정신이 아득해질 지경이었다.

"끄, 끄으으—!"

꽉 깨문 입술 사이로 피가 배어 나오기 시작했다.

찢어진 입술의 통증 따위는 비교도 안 될 만큼 엄청난 두통이었다.

사내는 남아 있는 오른손으로 바닥을 콱 움켜쥐었다.

까드득—!

워낙 강하게 움켜쥔 탓에 손톱이 벗겨져 나갔다.

피가 터져 나와 바닥을 적셨다. 손톱이 모두 벗겨져 나갔음에도 사내는 그 통증은 느끼지 못하고 있었다.

머릿속을 수천 개의 바늘로 마구 찌르는 듯 날카로운 통증만이 가득할 뿐이었다.

피로 물든 사내의 손가락이 바닥 깊이 파고들었다.

고통에 몸부림치던 사내는 버텨낼 수 없는 극한의 통증에 온몸의 근육이 굳었다.

파르르 몸이 떨리며 식은땀이 흥건히 흘러내렸다. 이제는 신음조차도 제대로 나오지 않았다.

그때였다.

갑자기 사내의 온몸에서 기이한 검은 연기가 흘러나오기 시작했다.

사내의 몸속에서 안개처럼 피어오른 검은 연기는 순식간에 방안을 가득 채웠다.

짙은 검은 안개는 커튼 사이로 비치는 햇살을 완전히 막아 버렸다.

가득한 어둠속에서 사내는 온몸을 결박당하기라도 한 듯 꼼짝도 하지 못하고 식은땀을 쏟으며 파르르 몸을 떨었다.

무언가가 귓속에서 움직이는 소리는 어느새 뇌성벽력이 되어 머릿속을 뒤흔들었다.

"크, 크아아아―!"

사내는 뱃속 깊은 곳에서 터져 나오는 고통에 찬 비명을 토해냈다.

한차례 길게 비명을 질러댄 사내는 기운이 다한 탓인지 그대로 의식을 잃었다.

기다렸다는 듯 방 안을 가득 채운 검은 안개가 두 곳으로 모여들기 시작했다.

오래전에 잘려 나간 사내의 왼팔과 오른쪽 다리를 향해서였다.

툭! 투두둑―!

근육이 터지는 소리와 함께 검은 안개가 사내의 왼팔의 형상으로 모여들었다.

오른쪽 무릎 아래에서도 같은 현상이 벌어지기 시작했다.

마치 직물이 짜이듯 혈관과 근육줄기가 얼기설기 얽혀
마치 해부도에서나 볼 수 있을 법한 팔과 다리를 만들어갔
다.

순식간에 피부까지 재생시킨 검은 안개는 그대로 왼팔과
오른쪽 다리로 흡수되었다.

그 때문인지 두 곳의 피부가 시커멓게 물들었다. 그것만 빼
고는 원래의 것이라고 해도 믿을 수 있을 정도로 완벽하게 팔
과 다리가 만들어졌다.

"크헉!"

그 순간 사내가 억눌린 신음을 토해내며 벌떡 상체를 일으
켰다.

사내는 저도 모르게 재생된 왼손을 들어 식은땀으로 흠뻑
젖은 머리칼을 쓸어 올렸다.

아직까지 머리가 깨질 듯 아팠다. 사내는 양손으로 머리를
감싸 쥐며 나직이 신음했다.

"크으……!"

조금씩이지만 통증이 가시는 것만 같았다.

사내는 거친 숨을 몰아쉬었다. 그러다 퍼뜩 한 가지 사실을
깨달았다.

자신이 두 손으로 얼굴을 감싸고 있다는 것을.

"이, 이게……?"

사내는 놀란 얼굴로 자신의 왼손을 내려다보았다.

무엇 때문인지 검게 변해 있었지만 분명 자신의 왼팔이었다.

그리고 보니 항상 푹 꺼져 있던 오른쪽 무릎 아래를 덮은 담요도 불쑥 솟아나 있었다.

사내는 담요를 확, 걷어 젖혔다.

역시나 예상대로 잘려 나갔던 다리도 원래대로 돌아와 있었다.

믿기지 않는 일이었다. 썩어가던 다리를 자신의 손으로 직접 자르지 않았던가.

사내는 검게 변해 있는 오른쪽 다리에 힘을 주거나 발목을 좌우로 흔들어 보았다. 생각대로 움직여졌다.

"이런 일이……."

사내는 신음하듯 나직이 중얼거렸다.

이내 사내는 아주 오랜만에 두 다리로 벌떡 일어났다.

천천히 창가로 다가가 햇빛을 가리고 있던 두꺼운 커튼을 단숨에 걷어버렸다.

워낙 오랜만의 햇빛이라 눈을 제대로 뜰 수 없었다. 햇빛에 닿은 피부가 따가웠다.

하지만 사내는 그 자리에서 꼼짝 않고 가만히 서 있었다.

사내의 입꼬리가 천천히 말려 올라갔다.

이제는 악몽의 세계를 벗어나야 할 때였다.

『짐승의 규칙』4권에 계속…

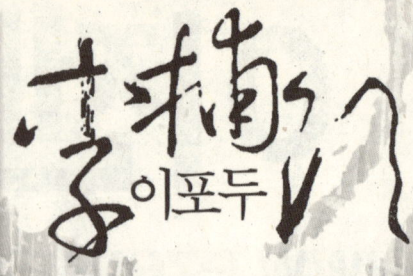

FUSION FANTASTIC STORY

HUNTER MOON

헌터 문

이훈 장편소설

보름달이 떠오르면 밤의 사냥이 시작된다.
헌터문(Hunter-Moon), 사냥꾼의 달.

귀계의 밤이 열리며 저물지 않는 달이 떠올랐다.
실체 없는 힘을 좇아 명맥을 이어온 퇴마사들.

이제 그들로 인해 세상이 뒤바뀐다.
[미녀들과 귀신 탐험대]의 사이비 퇴마사 예웅종과
그의 가족들이 펼치는 좌충우돌 퇴마기!

"퇴마사는 얼어 죽을! 그거 다 쇼야!"
"저기 하늘에 구멍이 뚫렸는데요?"
"으잉?"

Book Publishing CHUNGEORAM

유령이 머니자유추구~
WWW. chungeoram.com

허담 新무협 판타지 소설

水仙經

수선경

FANTASTIC ORIENTAL HEROES

작은 샘이 바다로 모여들 듯,
만류의 법이 하나로 회귀하듯,
다섯 개의 동경이 드디어 하나로 모인다.

검을 만드는 사람과
검을 쓰는 사람,
그리고 검을 버리는 사람의 이야기!

천명을 타고 태어난 **청풍**과 **강검산**
그리고 혈로를 걸어온 살수 **타유**,
그들이 다섯 줄기의 피의 숙명과 마주한다.

Book Publishing CHUNGEORAM

유행이 아닌 자유추구 -
WWW.chungeoram.com